부지깽이로 부뚜막에쓴 낙서

|李基銀文集|

부지깽이로 부뚜막에 쓴 낙서

좋은땅

| 詩人의 말 |

2019년 12월 『상처 난 숨비소리, 듣다』라는 제목으로 다섯 번째 시집을 엮은 후 한참을 쉬었다.

쉬었다기보다는 물 멍, 불 멍처럼, 삶 멍에 빠져 정신없이 바쁘게 보냈다.

그러는 동안에도 앉은뱅이책상 서랍에는 잉크 냄새 그윽한 옛 시간들이 언제쯤 세상 구경할까, 장독대 키 작은 채송화처럼 까치발로 바깥을 살피고 있었다. 봄, 여름, 가을, 겨울이 몇 번이나 오고 갈 동안 곰삭힌 이야기(사랑하는 내 가족, 긴 세월에도 색 바래지 않는 추억, 엄마와 아버지 그리고 초가삼간. 내 이웃들의 향기)는 서랍 밖 세상을 그리며 기나긴 기다림에 잠들지 못하는 밤을 보냈으리라.

처음 글쓰기 시작할 무렵,

목구멍까지 차오른 사랑, 그리움, 이별, 등등의 상투적인 단어들이 기회만 되면 쏟아져 나와 가을날 오후 가랑잎처럼 나뒹굴던 때 저녁에 써 놓고 아침에 읽으면 어딘가 허전하고 부끄러워 몰래 서랍 속에 감추었던 이야기들, 꺼내 실밥 터진 곳은 꼼꼼하게 깁고 낡고 색 바랜 부분은 덧대거나 덧칠하여 헌 옷이지만 정갈하게 빨아 말려 시(詩)네, 시조네, 수필이네 멍에 씌우지 않고 문집(文集)이란 이름으로 세상에 내보낸다.

나이 들어 뻔뻔해졌음인가. 처음 글 쓸 무렵 써 놓고도 부끄러워 서랍 깊이 숨겨야 했던 어쭙잖은 글을 세상에 내어놓을 용기가 생겼다. 한복도 아닌 양복도 아닌 이름 지을 수 없는 패션이지만 나의 이야기, 사랑하는 가족, 이웃들의 이야기, 부족하지만 내 삶의 흔적이기에 세월이 지나도 퇴색되지 않고 옹이처럼 가슴속에 자리한 내 삶의 일부이기에 한 땀 한 땀 정성을 쏟던 장인의 바느질 경전을 빌려 다듬어 본다.

그리곤,

딸아이 시집보내듯 앞날을 축원하는 경건한 마음 오방색 실로 묶는다.

2023년 봄(癸卯春)

검정 고무신 신고 이끼 낀 징검다리 건너고 싶다.

수숫대 쌓아 둔 원두막은 없어도 파란 수풀 아름다운 오솔길이 있고 그 길에 두고 온 그리운 어제도 있어 징검다리 휘돌다 머무는 모래톱 위에서 낙서처럼 남겨 둔 이야기 찾아보고 싶다.

시오리 학교 오가던 길 언젠가 큰비 내리던 날, 길은 없어지고 수풀 속에 징검다리 흔적만 남아 육중한 콘크리트 다리를 부러워하며 보낸 세월. 그래도 그곳에 징검다리 있었음을 기억하는 가슴들이 있어 어제 의 여백에 그리움 채우고 풋사랑으로 덧칠하여 바람에 내걸면 검정 고 무신이 잃어버린 해묵은 향기 오월 청보리 푸른 바람결 따라서 가쁜 숨 몰아쉬며 달려오겠지.

잊힌 신기료장수처럼 한 땀 한 땀 기워 놓은 옛이야기들, 바늘 자국 이 쓰라릴지라도 그것이 사랑, 그것이 그리움, 그것이 내 살아온 모습 인 것을……

목차

1부 색을 칠하면 머무는 빛

2부   온전히 내 것은 어제뿐이다

3부 우물에서 건진 새벽

4부 시절이 하 수상하여

색을 칠하면 머무는 빛

그럴 수 있다면

새하얀 종이 위에
오늘을 그리고 쓴 다음
파란 하늘 한 조각
녹색 바람 한 올
고운 햇살 한 움큼
정겨운 이야기 한마디
좋아하는 노래 한 소절
차곡차곡 함께 채워
하얀 봉투에 넣고
이기은 본제입납 또박또박 써서
빨강 우체통에 넣었다가
세월이 한참 흐른 후에
바람 따라 물 따라
먼 내일을 돌아
다시 내게로 오면
그때, 오늘을 다시 살고 싶다
단 하루만이어도
먼 후일 위해 아껴 두고 싶다
그럴 수 있다면…….

천년의 기다림

그리움 따라서
논둑길 한참 돌아가면
외로운 솔밭
억새풀만 무성한 무덤가에
내가 태어나기 전부터
홀로 세월 이고 사는 노송

찬 서리 맞으며
어깨 위에 한기가 쌓이도록
혹여 고향 길 잊을까
나이 들어 성근 가슴
기다리고 서서
신작로 바람 소리에도
반색한다

작은 별똥별 하나
날카로운 흔적만 남기고
기억 속으로 떨어진다

마음이 머무는 곳
경상북도 영일군 기계면 성계 2동 화계리 701번지

꼬불꼬불 신작로 한참 돌아가면
납작하게 엎드린 조그만 마을
새댁의 해맑은 웃음소리
시간 속에 묻힌 우물지나
늙은 살구나무 세월을 헤는 곳
어릴 적 내 친구
곰배 놈이 살던 집이다

켜켜이 쌓인 세월 어깨에 걸머진
늙은 초가 사랑에 모여
할배 곰방대 냄새에 절어 가며
도란도란 도회로의 꿈을 꾸다가
이슥한 밤 게으른 엉덩이 들고
섬돌 아래 내려서면
삼태성은 유난히도 밝았다

지금 그곳엔
세월의 먼지 털어도 그들은 없다
무너진 초옥(草屋), 외로운 달빛 아래

뽀얀 박 하나

옛이야기 보듬고 졸고 있을 뿐

6학년 2반 교실로 가자

멀리 사는 친구에게서 쪽지가 왔다
더 멀리 사는 친구가
산나물 축제에 초대했단다

함께 손잡고 가고 싶다고
간밤에 쪽지를 남겼다
눈 뜬 아침이 행복이다

50여 년 건너뛴 세월 속
책상에 금 그어 놓고 쌈질하던 기억
스멀스멀 가슴 열고 나와
그리움 한 자락 깔아 놓고
저 혼자 웃는다

그래 손잡고 가자
생각뿐이어도 우리, 그때로 갈 수 있다면
오지게도 그리운
6학년 2반 교실로 가자

화계리 701번지

구불구불 산길을
넘고 돌아간 계절의 끝자락엔
덩그마니 남겨진 하얀 낮달

허수아비 가없는 가슴에 안긴 청운의 꿈
허허로운 바람으로 흩어지고
묵은 세월만 떠나간 가슴들의
귀향을 기다린다

애당초 큰 기대 아니하였다 항변하여도
가슴 한쪽이 아려 오는 것은
숨길 수 없는 현실

그렇게 멀어져 간 시간 속에는
어미 잃고 몇 날을 울던
누렁이의 고달픈 삶의 이야기가
질펀한 그리움 자락에 퍼질러 앉아서
주름진 눈시울 적시고 있다

첫사랑

푸른 뒷산 병풍으로 두르고
청죽(靑竹) 한가로이 흔들리는 곳에
세월이 핥고 지나
잿빛으로 바랜 초옥(草屋)
윤기(潤氣) 도는 장독대에 바람이 분다
무명 저고리, 댕기머리 적
가슴 한편에 싹 틔우다
기억 속에 잠재워야 했던
햇살 본 적 없어
여리디여린 순으로
바람에 꺾일까 억새풀에 베일까
가녀린 꿈으로
스치는 바람에도 몸살 앓던

아!
첫사랑……

봄빛 이야기 하나

한 겹 겨울 깔고
그리움 덮으면
삭풍 머무는 문풍지 밖엔
소록소록 내린 눈이
기다림처럼 쌓인다

양지바른 언덕
젖은 흙 한 움큼 담아 와
마음 밭에 뿌리면
겨우내 곰삭힌 사랑
딱딱한 세월의 거죽 뚫고
꽃이 되고, 향기가 되고

종달새 고운 노래
아지랑이 되어 아른거리면
햇살은 터질 듯 부푼
꽃망울에 살며시 다가와
황홀한 입맞춤하리니

고향집 마당엔

대문을 들어서자
문 뒤에 숨었던 추억들이 한꺼번에 몰려와
왈칵 눈물이 되었다

가슴속에 잠들었던 장독대 옆
수선화 한 떨기 올해도 곱게 피어
기다림이 되고

담 너머 설핏 보이는 순이네 마을
어느 집 굴뚝에선 저녁연기 모락모락
먼 산골짜기에서 들려오는
소쩍새 울음

억눌렀던 그리움
통곡처럼 쏟아져도

고향은 늘, 대문 뒤에 기다림 감추고
아무렇지도 않은 듯 시치미 떼고 있다

가끔 그러고 싶거든

아이야! 참 많이도 자랐다
가녀린 작은 몸 목말 태우고
별 바라기 하던 그 밤 그 행복이
얼마나 컸었는지 아니?
빨간 홍시 따서
티스푼으로 떠먹이던 정겨웠던 시간
넌 기억하니?
세상에서 제일 잘생긴 아빠로
도깨비방망이가 만들 수 없는 그 무엇도
할 수 있다 믿어 주던 너로 인해
아빠의 가슴은 늘 행복에 겨웠다는 거
넌 아니?
이제 다 자라 숙녀가 된 너
하지만, 아직도 아빠는
발등에 널 태우고 춤추고 싶다는 거
퇴근길엔 아빠 하며
목 끌어안고 입맞춤해 주기를
기다린다는 거, 넌 아니?
가끔 그러고 싶거든……

소꿉놀이

햇볕 자리다툼하는 고샅길
꼬물꼬물 아가들 소꿉놀이하고 있다

노랑 고깔 쓰고
걸음마 하는 민들레
보라색 저고리
연둣빛 스란치마 입은 제비꽃

솔바람에 실려 온 송홧가루 마시다
콜록콜록 사레 든 봄
앙증맞은 재채기 속
탁란 꿈꾸는 뻐꾸기 노래

갈까 말까 머뭇거리며
차마 떠나지 못하는 봄볕 아래
깔깔깔 해맑은 아이들 그림자놀이

작은 딸아이

"내가 이 세상에 태어났다는 것만으로도 아빠는 행복해야해, 맞지?"

작은 몸뚱이 어디에서 나온 자신감인지는 몰라도 그렇게 모진 말로 얻어맞으며

그저 헤벌쭉 웃는 애비가 나다

30년 넘도록 내가 웃은 웃음의 삼분의 일은 네 몫이었으니 그럴 만도 하지

또 다른 삼분의 일은 언니 몫이었고, 나머지는 네 어미의 몫이었으니

나를 셋으로 나누어 세 배로 행복하려 하면 화난 부처님 돌아앉으시 겠지?

연리지連理枝*1

연(連)이 모자라 한 몸 못 되었지만
점지된 길이 외길이어서
둘은 하나로 숨결 이으며
들숨 날숨 함께하나니
서낭 할멈의 축원과
무뚝뚝한 장승 할아범이
하얀 웃음으로 반기는 동구
말 잔등에 올라
어사화(御史花) 없는 빈 사모(紗帽)일지언정
하늘 우러러 성배(聖杯) 올리며
오색 가마에 고이 앉혀
내 가슴으로 오롯이 인도하던 날
굽어 세상을 보며
가슴 뭉클한 인애(仁愛)를 알았다
가슴에서 가슴으로 이어지는
가시버시 사랑……

---

* 두 나무의 가지가 맞닿아서 결이 서로 통한 것의 뜻으로, 화목(和睦)한 부부(夫婦) 또는 남녀(男女) 사이를 비유(比喩)하여 이르는 말.

예쁜 강도

크고, 작은 두 아이 데리고
엘리베이터를 탔어
작은놈이 주머니를 툭 건드려 보더군
짤랑거리며 놀란 동전들의 짧은 외침
가랑이 사이로 감추었지
귀 밝은 작은아이에게 들키고 말았어
회심의 미소 띠며 하는 말
"그냥 줄 겨, 맞고 줄 겨"
무자비한 약탈
한쪽만 뒤질 것이지 다른 쪽은 왜 뒤져
엉덩이에 찰싹 붙어 곤한 잠에 빠졌던
지폐 몇 장
찬바람에 화들짝 놀라 눈 비비는데
고사리 닮은 작은 손이 쓰윽 꺼내서
언니 하나, 나 하나…….
아침 댓바람에 강탈당하고도
가슴 가득 몽실거리며 채워지는 것은
입술 비집고 흘러나온 하얀 행복

연리지連理枝 2

비틀린 몸 잇댄 수십 년
모세 혈관이 통하고 마음이 통하고
한가슴으로 느끼는 다홍연화
점지하신 삼신할미 기억이 흐려
한 몸 둘이 되게 하였지만
애당초 맺어질 수밖에 없는
인연이어서
바람의 힘 빌려 하나 된······
누군가 그것이
순리가 아니라 우겨도
사랑으로 맺어진
둘이 될 수 없는 필연
맺어짐 하나만으로 고와라, 아름다워라
이어진 마음으로 흐르는 생각
함께라는 것만으로 넘치는 기쁨
살 맞댄 삶이 행복이어라

상념은 목불 앞에서 졸고

고단한 멧새 한 마리
풍경도 잠에 든 산사에서
길을 잃었다

애달픈 마음에
명상에 든 숲을 깨우고
외로운 가슴
여울물에 통증 씻으며
서러운 생각에
바람 잠든 대숲을 흔들어
아픔 실은 파문
하늘로 사바로 가슴 가슴으로

새벽 별은
하나둘 사위어만 가는데
상념은 목불 앞에서 졸고
세월은 풍경에 매달려 운다

아프지 않아도 눈물이 납니다

나이 탓인가 봅니다
낙엽 태우는 연기가 보이지 않아도
자꾸만 눈이 맵습니다
갈대 잎 흔들리는 소리 없어도
가슴이 먼저 서걱거립니다
수많은 별 무리 속에서
외로움 이슬 되어 내리는 듯합니다
혼자 걷는 오솔길
하나, 둘 구르는 가랑잎에서
긴 세월 달려 온 숨소리 들립니다

당신 생각하면
서럽진 않아도 가슴이 아픕니다
바람 불지 않아도 마음 시려 옵니다
그립다는 생각만으로
하염없는 눈물 쏟아집니다
당신 가슴에서 지워질까
땅거미에 쓰러지는 노을 보면
촛농보다 더 뜨거운 눈물이

연이어 흐릅니다

아프지 않아도 눈물이 납니다

그렇게 사랑해야지

바람처럼 부드러워야지
가을 호수처럼 해맑아야지
코스모스처럼 여린 모습으로
해바라기처럼 환한 미소 지어야지
도라지꽃처럼
도톰한 사랑 안고 있다가
어느 별빛 고운 밤
이슬처럼 터뜨려야지
그리곤
당신 가슴에 포근히 안겨야지
가을 오후 햇살처럼
사위어만 가는 사랑
한 올 한 올 행복 심어야지
먼 훗날 문득 생각날 때
미운 생각보다
예쁜 생각만 들게
생각만으로 따뜻한 미소 머물게
깊게 패인 주름 사이
검버섯 피어난 얼굴이지만
추억하는 눈빛만은 세상에서 제일

행복한 시선이 되게
그렇게, 사랑해야지

어머님의 가슴

가을바람에 손 닦고 나온
아기 단풍
밤새 내린 무서리에
아니어도 곱던 볼이 홍시가 되었다

야윈 햇살
산기슭 억새 꽃잎에 앉아 졸고
해묵은 노송 그늘엔
설핏 겨울이 보이는
노루 꼬리처럼 짧아진 늦가을 하루

언 손 당신 가슴으로 품어 주면
비길 데 없던 안온함
오늘도 동구 언저리에 머무는
아련한 그날의 향기

기다리면, 저녁마다 돌아오던 아이는
어미 품 떠난 지 오래

그 길을 걸으면

혼자인 듯하여도
혼자는 아니었다

아지랑이 따라 팔랑이던
순이의 댕기가

대바구니 가득 담았던
산국의 향기가

그 여름 서럽도록 울어 대던
청개구리 울음이

가슴 설레던
풋사랑의 기억으로

아직도 졸랑졸랑
따라 걷고 있었다

내 고향의 겨울은

마른 가지 사이로 땅거미 지면
삭풍은 문풍지에 앉아 울고
세월 말라붙은 청 이끼
빈 허수아비 마음 닮아 간다

허공을 부둥킨 홍시
달콤한 품에 곤히 잠든 별빛
하늘 향해 치켜 뜬 봉창엔
차가운 달이 그린 수묵화 한 점

짝 잃은 밤새 긴 한숨 소리에
잠들지 못하고 서성이는 가슴
살얼음 낀 동치미 한 사발로
허기진 삶에 여유를 찾던
펑퍼짐한 산자락 늙은 초가

아궁이에 묻어 놓은 감자 타는 냄새 따라
깊어 가던 겨울밤, 차마 버리지 못하는
꿈 한 자락

생각은 어둠의 창을 열고

삼태성 졸고 있는 그믐
시간도 잠든 고요
어둠 헤집고 가만가만 창을 연다

먼 어딘가 응시하며
"당신 잘 있지?"
나지막한 안부 산을 넘는다

그렇게 잠든 세월 깨워 놓고
온기 가신 잠자리에 다시 들면
이불자락 들치고 찾아드는 그리움

동짓달 하룻밤
주섬주섬 가슴에 욱여넣은 새벽은
저 혼자 턱 괴고 앉아
또 다른 세월 채근한다

해오름까진 아직 긴 기다림

사랑 점占

연분홍 코스모스 골라
사랑 점 본다

사랑한다
안 사랑한다
코스모스 여덟 잎
안 사랑한단다

순서만 바꾸어 다시
사랑 점 본다

안 사랑한다
사랑한다
코스모스 여덟 잎
사랑한단다

순서만 바꾸면
세상엔 사랑이 지천이다

술은 입술이 달더라

만월이 바람을 희롱하다
호수에 빠졌다

자잘한 파문 보름달 채 썰어
주안상 가득 고조된 흥취

(한 구절 권주가 항아의 고혹적인 춤사위 황진이의 시 한 수 없어도
술은 세월을 아우르며 하늘 가득 흩뿌려진 가지가지 사연 모아)

술술술 가슴에 스며

잠든 얼굴에도 지워지지 않을
붉디붉은 여운으로 남지만

누가 뭐래도 술은
입술이 달더라

돌아보면 행복이었는데

친구야!
디딜방아 쿵덕이던 옛날엔
너도 곱고 나도 멋있었지
몇 번인가 보름이 지나고
몇 번인가 그믐 지나더니
눈가엔 골 깊은 주름 보이고
귀밑머린 희끗희끗

그래도 친구야
마음은 그때에 살자
말간 시냇물 찔레꽃잎 보듬듯
그날의 기억 부둥켜안고
짙은 구름 덮인 날이어도
구름 뒤 화사한 태양 그려 보며

정말 가끔은
꿈같던 시절 그 아이들 불러
질경이 같은 모진 삶에
연둣빛 이야기 입혀 보자
기억하는 어제가

가랑잎처럼 바스러지지 않게
꼼꼼하게 덧칠하여 갈무리하자

그 옛날엔
이러지 않고도 행복했었지만……

순이랑은 그랬어

봄을 캐러 갔었어
무디어진 호미 한 자루 들고
대바구니 옆구리에 낀 채
소리 없는 웃음이 봄처럼 따뜻했던
옆집 순이랑 갔었어

봄은 지천에 널려 있었어
대바구니는 늘 비어 있었지
순이가 너무 예뻐서
봄보다는
순이 마음 캐고 싶었거든

앙증맞은 작은 손 꼭 잡고 싶은데
눈길은 자꾸만 먼 데를 보고
콩콩 뛰는 가슴 주체할 수 없어
괜히 심술만 부렸어

어느새 땅거미 내려와
빈 바구니 끼고 돌아오는 길
조막손으로 가슴 콩콩 치고 있었어

사뿐사뿐 앞서가는
순이의 걸음이 너무 빨라서
하루해가 너무 짧아서

이별은 그렇게 왔어

어느 날 너는
박꽃 닮은 하얀 웃음 머금고
내 곁으로 왔지

다소곳이 무릎 세우고 앉아
어떤 이야기도 다 보듬어 줄 듯
고운 눈 반짝였어

길지 않은 시간이었지만
그것이 행복이었다는 걸
한참 뒤에 알았어

못난 가슴에 못난 생각들만
가득 차 있어
너의 고운 생각 호도하고 있었지

어느 잠 깬 아침
쓰라린 눈물 보았어
설움보다 깊은 한숨도

정녕 이별은 그렇게 다가와
모난 가슴 할퀴고 가더군
지금도 아파

이별은 해넘이처럼 왔어
나도 모르게 서러울 새도 없이

삼월이 오면

기다리던 삼월이 오면
뒤뜰 논에 물 가두고
두견새 설움 안은 참꽃 따다가
사랑하는 사람과 화전 부쳐야지
날 무딘 꽃삽으로
싸리울 밑에 상사화 심어야지

청보리 누렇게 색 바래기 전에
혹여 찾아올 오랜 벗 위해
긴긴 겨울 아랫목에 앉아
비지땀 흘리며 향기로 익은 국화주
고운 채에 걸러 놓아야지

지천에 피어난 꽃 마음 따라
성긴 마음이 더 메마르기 전에
고운 시화 한 편 마련해야지
피곤에 지친 몸 가만히 뉘일 때
내일도 오늘 같기를 기도해야지

눈가에 깊은 주름 잡히고
귀밑머리 새하얀 세월이 앉아도
마음은 늘 떠꺼머리 초립동이 닮아
콧노래 부르며 바람을 안아야지
그리움이 꽃이 되는 삼월이 오면

수선화

고운 햇살
키질로 올올이 풀어헤쳐
사랑의 자양분만 한 움큼 골라
장독대 옆
홀로 핀 수선화 꽃잎에 뿌렸다
응달에서 자라
허우대만 싸울아비* 닮은
맘 약한 꽃대
하얀 이슬 또르르 굴러 내리더니
노랑 꽃 한 송이
행복처럼 피어서
긴 밤
꿈결에도 자꾸만 아른아른
담 너머 세상이 그리운 듯
안타까운 눈빛
먼 하늘가에 두고 있다

---

* 무예를 익히고 군사에 종사하는 사람.

꽃 한 번 피우기가

수억 년
꽃 피고, 꽃 지고
봄은 조금의 숨참도 없이
오고 갔거늘

꽃 한 번 피우기가
죽기보다 힘들어
오늘도
피우지 못한 씨앗 하나

다복솔 그늘에서
고운 햇살 그리다가
헤적이는 바람에
안부 놓고 떠났다

부지깽이*

이열치열(以熱治熱)이라 했던가
염천(炎天)이 무색하게
뜨거운 아궁이 속
제 몸 태워
화마(火魔)를 부추긴 죄로
자꾸만 짧아지는 영육(靈肉)
한때는
제법 봐줄 만한 허우대였건만
솥전 두들기는 굿거리장단이
새침데기 새댁
엉덩이 들썩이게 하였건만
한 치 두 치
제 몸 축나는 줄 모르고
환락(歡樂)의 불길 속
무시로 드나들며
정염(情炎)을 불태우다

---

* 옛날 아궁이에 짚이나 나무, 솔잎 등으로 불을 땔 때 불꽃이 좀 더 잘 일어나도록 쏘시갯감
을 헤집는 데 쓰는 막대기를 일컫는 말.

쓸모없이 뭉툭해진 육신
날름대는 불길 속에 던져져
한 줄기 연기로 사라져 간다

내게 당신은

참 고운 햇살을 보면 생각나는 이
연둣빛 바람에 실려 온
연분홍 영산홍의 이야기
꼭 함께 듣고픈 이

금빛 햇살이 슬며시 들창 넘어와
목덜미 간질일 때에도

통통 튀는 피아노 건반 위에
목소리가 참으로 정갈한
소녀의 노래가 춤추는 순간에도

투명한 일상 함께하고픈 이
내게 당신은 그런 사람입니다

또 다른 하루의 끝자락
속눈썹에 맺힌 푸념 같은 이슬에
부시지 않는 무지갯빛 물들여

생각만으로도 여울지는 행복
내게 당신은 그런 사람입니다

봄꽃에게 하고픈 말

봄비를 맞았다고 했지
감기 들지 않았을까
길 잃지 않았을까 걱정했었어
금방 아닐 거라는 걸 알았지
호롱불처럼 세상 환히 밝혀 줄
당신이 봄이기에
오월의 햇살도
눈부시어 외면할
아름다운 꿈이기에
봄비를 맞은 게 아니라
꽃비 되어 흩날릴 것이란 걸
꿈으로 그리움으로 여린 몽우리로
날 선 삭풍 견뎌온 당신
푸름으로 생 마감하는 날까지
세상 모든 이에게 온기가 되는
성스러운 사랑이길 바라

그렇게 왔다 가더이다

여명에 느낄 수 없을 만큼
광도를 높여 가는 햇살
망막에 상이 맺히기 전부터
이슬에 젖듯 젖었기에
경계심 없이 안아 버린 광휘처럼
사랑은 알지 못하는 순간에
찾아와
가슴에 떡하니 버티고 앉아
그리움이네!
기다림이네!
시시콜콜 간섭하며 다니다가
으스름 땅거미 별빛 켜면
삽짝 너머 개 짖는 소리 따라
하루가 침묵 속에 스미듯
새벽바람에 어둠이 실려 가듯
사랑도 그렇게 가더이다
한 번 안아 볼 사이도 없이

상사화 피고 지듯

가슴에
선홍빛 상사화 한 송이 심어
밤이면 꽃 피우고
해 뜨면 그리움 덮어
생각 속에 갈무리하였다

어둠 속이라
핏빛 처연함을 알 수 없어
실핏줄 불거지는
설움 못 본 체 갈무리한 사랑

어느 햇살 찬연한 아침
철 지난 꽃으로, 잊힌 그리움으로
발밑에 떨어져
서럽도록 붉은 옷 벗는 날

사랑도
상사화 피고 지듯 오고 가리라
잊혔던 사랑 다시 오리라

그렇게 아플 거면

사랑한다 말하지 그랬어
보내고 그렇게 아플 바엔
그리움이라 참기보다는
아프다 말하지 그랬어

이심전심은 마음에서
마음으로 전함이 아니라
눈빛에서 눈빛으로
살며시 포옹한 가슴에서
가슴으로 흐르는 것인데

먼발치에 숨어 숨죽인 사랑
아무리 크고 깊다 한들
어떻게 전해질까

그리움에 목말라 죽을 것만 같을 땐
사랑한다 말하지 그랬어
어차피 아플 거면……

바람 앞의 모정母情

산바람이 불면
상수리나무도 떡갈나무도
한 방향으로 허리 숙여
바람 지나기를 기다립니다
육중한 몸 근육질 가지
곁가지 하나로도
세월 이길 만큼
장대한 기골 타고 났지만
껍질에 팬 주름 하나하나마다
숱한 세월의 흔적 스며
여느 바람이면
오히려 상처 입고 달아나련만
허리 숙여 길 내어 주는 것은
오랜 삶 살면서
스스로 터득한 지혜일 테지요
아직 여물지 못한 어린 잎
혹여 바람의 해코지에
상처 입을까
먼저 아파 버린 모정이지요

비익조比翼鳥*

언제나 함께여야 합니다
혼자는 이룰 수 없어
물속에 비친 그림자여도
둘이어야만 합니다

때로는 아프고, 힘들고 허망해지기도 합니다 그런 줄 알면서 우리는
불을 찾아 날아드는 불나방처럼 가슴 찢어지는 고통 속으로 찾아듭니다

가끔씩은 혼자여도 이루는 듯 아린 가슴으로 보듬어 안고 어린애기
다루듯 하지만 결코 혼자서는 이룰 수 없어 허공중에 띄워 놓은 이름

사랑은
꼭 둘이어야만 합니다
혼자는 아파서, 너무 아파서

---

* 전설상의 새. 암수의 눈과 날개가 각각 하나씩이라서 짝을 짓지 아니하면 날지 못하는 새
로, 부부가 서로 사이가 좋은 것을 비유적으로 이르는 말.

편지를 쓰고 싶은 날

바래 가는 오래된 기억에게로
한 통의 편지 쓰고 싶어
이젠 어디에 있는지도 모를 앉은뱅이
작은 책상 오른쪽 서랍 열고
청색 잉크를 꺼냈다
왈칵 코로 달려드는 그리움
뚜껑 안에서 곰삭은 그리움 울컥이며
넘쳐 나온다
녹슨 펜촉 듬뿍 찍어
얇은 갱지에다 한 줄 쓰면
늙은 나무껍질 점점이 박힌 갱지는
과장된 몸짓으로 잉크를 삼킨다
한 줄 내려놓고
눈 들어 천정 보며 슬그머니 훔친 눈가
아련한 어제가 소매를 적신다
새벽이 웅크린 어깨 감쌀 때까지
청색 잉크 자국 따라
선명히 써 내려간 어제 이야기
꽁보리밥 속 한 톨 쌀 밥풀 찾아
야무지게 여미어 가슴에다 묻는다

잊힌 기억 살리려

먼지 쌓인 그날이 읽어 주길 바라며

겉봉엔 "이기은 본제입납*"

선명하게 새겨서……

---

*   본집으로 들어가는 편지라는 뜻으로, 자기 집으로 편지를 보낼 때 겉봉에 자기 이름을 적고 그 밑에 쓰는 말.

약속 없는 만남

하늘빛 시리게 고운 날
말간 물 한 모금
아침으로 대신하고
바쁜 듯 아닌 듯 혼자 나선 길
해소 기침 콜록이는
열차에 올라
아득한 기억 속
간이역 대합실
선 채로 우동 한 그릇
상념처럼 음미할 제
굽은 등 뒤
전율처럼 느껴지는 향수 내음이
당신이었음 참 좋겠소

그래도 별은 웃지

별은 밤새 일어난 일들 다 기억하지
조각달은 스쳐 간 바람도 기억하지
높다란 장대 끝에 주머니 달았지
아이는 까치발로 별을 따려 애쓰지
그러다 안 되면 코끼리처럼 울지
엄마 잃은 코끼리처럼 코를 훌쩍이며 울지
산은 듣기 싫은 울음도 묵묵히 보듬지
산정에 맑은 호수가 하나 있지
못 볼 꼴 본 별들은 거기서 마음 씻지
오염된 물은 늘 깊은 푸른빛 띠지
그래도 별은 언제나 웃지

맞아, 산이었어

우화를 준비하는 청보리밭 너머
몽글몽글 닳아 버린 세월의 나이테 지나
산등성이 퍼질러 앉은 노을이 곱다

바래 가는 기억 되새김하며
어제를 돌아보는 눈가에
하루의 지친 광휘가 펼쳐 놓은
검붉은 땅거미 노래 서럽다

커다란 당산나무의 검은 그림자 뒤로
요령 소리 앞세운 누렁이 걸음 따라
높다란 쟁기 위에 반짝이는 별을 지고
휘적휘적 다가오던 야윈 실루엣

무심으로 위장한 가슴속 언어
"사랑한다, 아이야" 이 한마디보다
별빛 쏟아지는 산자락 자갈밭 일구는 일이
무너져 내리는 하늘 떠받치는 것만큼이나
절실하였던 내 아버지

그날 아버지의 나이 위에
내 나이를 맞추며, 세월의 갈피
도드라지게 새기는 그 이름
맞아, 산이었어

동백 지던 그 밤이 좋아

파도가 할퀸 남녘 바닷가 어디쯤
각혈하듯 피운 동백 꽃잎이
툭툭 낙화로 단심(丹心) 보이며
매몰찬 계절에 붉디붉은 염원 수놓고 있겠다

꽃잎 누운 자리
몽돌의 노래 아스라이 흩어지는 밤
파도에 부서진 달빛이
사금파리에 비친 별의 마음으로
붉디붉은 지청구 받아 주고 있겠다

지금도 동백 지던 그 밤이 좋아
희미한 기억 둘둘 말아 옆구리에 끼고
쌓인 밤눈 위 점점이 붉은 설움
꾹꾹 밟으며 걸어 보고 싶다

꿈결인 듯 동박새 노랫소리 들리면
그 또한 보듬어 안으며, 안으며…….

수채화 한 폭

파란 언덕 하나 지나면
하늘 담은 연못 있고
연못 지나 늙은 당산나무 한 그루
좁다란 여울 휘감아 돌았지
여울 가장자리 찔레꽃 흐드러지면
엄마 분 냄새 그윽하던 고샅

삶에 지친 마음속 옹달샘처럼
마른 꽃향기로 남은
발그레 볼이 곱던 아이
연분홍 여울지는 그리움에
봄 타는 반백의 잿빛 가슴

어머니 산 너머 밭에 가시고 나면
살평상 가득 내린 봄볕 아래
덩그러니 내동댕이쳐졌던
희미한 기억 되살려
말간 수채화로 채색해 본다

하루가 지났습니다

엄마 없는 하룻밤을 보냈습니다
해도 달도 바람도 하물며
까칠한 턱수염도 그대로입니다

엄마 없는 날 생각할 수도 없었던
작은아들의 삶도
아무런 죄책감 없이 멀쩡합니다

이래도 괜찮을까 싶을 만큼
모든 것이 다 괜찮습니다
하늘은 무너지지 않았고
바람도 숨죽이지 않았으며
해도 늘 그 자리로 떠오르고 있습니다

다만 나이 든 만큼 메말라 가던 가슴에
촉촉하게 저며 드는 슬픔 그것만
조금 이상할 뿐입니다

(어머님의 장례를 치르며…)

이틀이 지났습니다

내 삶의 결마다 짙게 밴
설움의 색깔 지우기엔
오늘 비는 너무도 얌전하고 고즈넉하였습니다
때론 우레 업고 달려와
들소처럼 무지향의 울분 토해도 좋으련만
상중임을 알리는 청사초롱
몸 비틀며 슬피 울까
추적추적 소리만 비가 되어 내립니다
엄마 없는 둘째 날의 합주는
멀리서 들려오는 두견새 울음인 양
불협화음 가지런히 다듬어 나열하는데
여전히 무릎 꿇은 작은아들의 관절엔
견딜 만한 통증이 조문 행렬과 예각 유지하며
어머님 영정에 덮인 바랜 세월
되돌려 보려 애쓰고 있습니다

오늘도, 밥 한 그릇, 국 한 그릇
비워 냅니다

(어머님의 장례를 치르며…)

사흘이 지났습니다

낮은 구름 몰아낸 뙤약볕의 뭉니가
기세를 올립니다
그 뜨거운 노의 열기에 비하오리까마는
나약한 정수리 들이대며 앙탈 부려 봅니다
갯바위 하나가 거센 파도 다 막을 수는 없지만
모진 파도 견딜 수는 있지요

어머님 안 계신 사흘
어쩌면 육신은 이율배반을 노골적으로 요구할까요
화장장 옆 혀 빼문 오동나무 노목
튼실한 자손에게 제 속 다 퍼 주고
앙상한 껍질만으로 세월에 항거합니다
그렇게 대항하다가 어느 비바람 모진 날
천둥처럼 울며 쓰러질지도 모르는데
그래도 제 몸 하나 건사하자고
자식을 바람 앞으로 내몰지는 않습니다
그러느라 얼굴에 검버섯이 활짝 피는 것도
알 새가 없었습니다

저 오동 꼭 닮은 어머님 보낸 삼일

목소리가 싸리비처럼 갈라지고

눈물의 염도가 소태처럼 높아진 후에야

거친 어머님의 손등이 생각나

안티푸라민 바르듯 후회와

잊을 수 없는 어머님과의 시간 얇게 펴 발라 봅니다

그리고 다시 채색합니다

여전히 목은 마르고 시원한 물의

목 넘김 그 청량감이 갈증인 듯 기억나

어머님을 불러 봅니다

(어머님의 장례를 치르며…)

사랑하고 아파하자

사랑한다 말하고 아파할까
고목처럼 묵언(默言)으로 일관하다가
후회를 할까
아픈 줄 알지만 말하고 나면
가슴 깊이 상처로라도 남겠지
침묵은 사랑이 아니기에
스치는 미풍에도 흩어져 버릴 거야
사랑하자 그리고 아파하자
묵언(默言)의 평안보다
사랑하고 나서
그리워하며 속앓이하자
가슴 저미는 아픔일지라도
목젖 적시는 짜디짠 날들을
울컥이며 삼켜야 할지라도
사랑하고 아파하자
사랑하고 헤어지고 다시금 기다리고
그리워하자, 그것이 삶이라면……

2부

—

온전히 내 것은 어제뿐이다

여기 좀 보세요

5월, 계절의 여왕답게 화려한 꽃들과 그 꽃들에서 풍기는 그윽한 향기로 가득 찬 행복 넘치는 계절입니다. 이를 증명이라도 하듯 오월엔 기념일도, 행사도, 결혼식도 참 많습니다.

주말마다, 쌍쌍이 사랑의 결실 맺어 아름다운 한 쌍의 부부로 태어나는 선남선녀들, 어쩌면 산새들조차 이른 봄에 짝짓기 하고, 태어난 알을 사랑으로 품어 부화시키고 날갯죽지 아프도록 날아다니며 먹이 구하여 정성껏 키웁니다. 여름 내내 그렇게 자란 아가들과 함께 가을이면 따뜻한 남녘으로 갈 수 있기에 이른 봄부터 부산 떨며 사랑 나누고 2세 잉태하며 행복에 겨운 노래 읊조리나 봅니다.

봄이란 만물이 소생하는 계절이기에 싱그러운 소생의 기를 받아 더 훌륭한 자손을 번창시키려는 노력이 아닐까도 생각됩니다.

그런 계절이기에 한 쌍의 가시버시 연을 맺고, 눈에 넣어도 아프지 않을 귀여운 아기가 생기면 비로소 어른이 되고, 행복의 근원인 가정을 이루게 됨이니, 오월은 어쩌면 생명의 달, 축복의 달이라 해야 할지도 모르겠다는 생각이 듭니다.

이 아름다운 오월의 서른 하고도 하루가 더 있는 날 중 하루를 부부의 날이라 한답니다.

부부란, 잘나고 못난 것도 없고, 위와 아래도 없이 모자란 반쪽과 부족한 반쪽이 만나 완전한 하나를 이루는 것이므로 글자조차도 더함도 덜함도 없는 '부(夫)'와 '부(婦)'로 이루어진 것이 아닐까요? 아내는 세상에서 오직 한 사람 남편을 의지하고, 남편은 오직 한 사람 아내를 위해 사랑과 정성을 쏟으며 연리지의 애틋한 인연으로 묶여져 생을 함께하는 그런 사이. 그들만의 다정한 호칭 '여보'로 묶인 사이가 부부이지요.

'여보'란 "여기 좀 보세요."를 줄인 말이라 합니다.

잠자리에 들어서도 서로 등을 보이지 아니하고, 의견 충돌이 있어 심하게 다툴지라도 마주 보며 풀어야 할 사이. 그래서 "여기 좀 보세요." 귀여운 아기의 배냇짓을 보면서, "여기 좀 보세요." 유치원 다니는 아이가 예쁜 율동을 배워 와도 "여기 좀 보세요." 힘든 일이 있어도 "여기 좀 보세요." 가슴 치며 울어야 할 서러운 일이 있어도 "여기 좀 보세요." 마지막 가는 날 홀로 남겨진 외로움에 "여기 좀 보세요." 이렇게 "여기 좀 보세요."로 묶인 세상에서 가장 가까운 사이가 부부라 생각되네요.

오월, 가정의 달에 가시버시의 날을 만들어 둔 것은 가정의 중심에 부부가 있기에 부부의 힘으로 더욱 단란한 가정을 꾸려 가고, 더 행복한 날들을 만들라는 뜻이겠지요. 어려서는 부모님에게, 얼마만큼 세월을 살고 난 후에는 부부의 연으로 맺어진 '여보'와 '여보'가 서로 의

지하며 험한 세파를 이겨 내야 하기에 가정의 달 중심에 부부를 앉혀서 태풍에도 움직이지 않을 행복의 근원 가정을 다스리라 함이 아닐는지…….

창밖 멀지 않은 미루나무 꼭대기에 해묵은 까치집이 하나 있는데, 몇 날 며칠 보수를 하더니 이젠 알을 품고 있는지 조용해졌습니다.

새끼들이 알을 깨고 나오면 두 부부는 아침부터 저녁까지 바쁜 삶을 살게 되겠지요, 자라난 새끼들이 또 다른 부부로 연을 맺기까지는 노심초사 마주 보며 "여기 좀 보세요."를 수없이 반복하겠지요.

그런 평범한 삶이 행복이고, 즐거움이며, 우리네 삶의 궁극의 목표가 아닐지 혼자 생각해 보며 넘긴 달력은 벌써 오월 중순으로 치닫고 있습니다.

수능 보는 아이야!

어른들이 만든 제도 때문에 한참 뛰어놀아야 할 너희들이 너무 고생하는구나.

아이야!

하지만 인생에 정도란 없단다.

악법도 법, 맞지 않는 교복도 학생이 입는 교복임에는 틀림없지 않니?

그렇다고 인생을 대충대충 되는대로 살라는 말은 아니란다.

몇 년씩 애쓰고 준비해 온 너. 찌는 듯한 더위에 그 흔한 바캉스 한 번 가지 못하고 집 안에서, 독서실에서, 학교에서 오직 오늘을 위해 열심히 뛰어온 너희들의 그것이.

아이야!

너희들의 인생에 꼭 거쳐야 할 과정은 아닐지 몰라도 대다수의 너희들 또래가 거쳐 가는 하나의 통과 의례임에는 틀림이 없구나.

몇 시간 동안에 몇 년의 공부를 몇 줄 지문으로 테스트한다는 것 자체가 어쩜 언어도단일지 모르지만 기왕지사 치러야 할 거라면 기분 좋게 치러라. 그리고 그 결과에 좌지우지되지 말고 스스로 한 만큼의 결과가 나오지 않더라도 자책하지도 말고, 자학하지도 말거라.

인생이 성적순은 아니라는 영화도 있었지 않니?

점수 좋으면 좋은 대로 좋은 학교 가면 되고 나쁘면 나쁜 대로 적성 맞춰 공부하면 되지 않겠니?

공부란 태어나서부터 눈감는 날까지 잠시도 그칠 수 없는 우리들 삶의 일부란다.

지금까지의 공부가 끝이 아니기에, 앞으로 남은 공부가 더 많기에 지금의 성적에 연연하지 말라는 거다.

아이야!

좋은 대학 졸업하면 물론 좋겠지만 좋은 대학 졸업했다고 하여 스스로 하고 싶은 일을 자유롭게 하며 살 수 있는 건 아니란다.

내 적성에 맞는 곳에서 내가 하고 싶은 공부를 하고 그것이 내 직업이 되면 즉 취미가 직업이 되면 그것보다 더 좋은 건 없을 성싶다.

사회적 위치, 부모의 체면 따윈 잊어 버려라.

인생은 오로지 홀로 개척하며 살아가는 외로운 길이란다.

부모라 할지라도 너희들의 인생을 대신 살아 줄 순 없단다.

스스로 헤쳐 나가야 하는 기나긴 인생길 거기에 비하면 수능시험이
란 아주 작은 돌부리에 불과하단다.

실수로 그 작은 돌부리에 걸려 넘어진다 한들 일어나 툭툭 털고 달려
가면 되잖니? 지금껏 살아온 날의 몇 배를 더 살아야 할.

아이야!

먼 내일에 웃는 사람이 성공한 사람이다.

지금은 아무것도 모른다.

떡잎이 노란 식물도 비 내리고 거름 주면 싱싱하게 자라서 단단한 열
매를 맺고 기름진 땅에서 고생 없이 웃자란 식물이 태풍에 스러져 빈
쭉정이만 달고 있는 경우가 가끔은 있더라. 먼 내일을 보자. 그리고 힘
을 내자 이제 출발이다.

총성이 울리려 준비하는 과정이다. 그 총성이 울리거든 어제는 잊고 내일만 생각하자.

아이야!

어제는 참고만 될 뿐이지 모범 답안은 아니란다.

어제보다 나은 오늘을 살면 틀림없이 아름다운 인생길이 열릴 것이다.

가다가 힘들면 조금 쉬어 가고 가다가 목마르면 샘물로 목축이며 기나긴 인생길 한 발 한 발 차분히 걷자.

아이야!
　　(큰아이 수능시험 전날 수능에 응시하는 모든 아이들을 응원하며⋯⋯)

뽀뽀 한 번에 이천 원

햇살 눈부신 휴일 아침, 오랜만에 싱그러운 바람 들이키며 은근한 눈길 발코니를 향한다.

5년째 기르는 동백, 해가 갈수록 꽃이 적게 피긴 해도 올해도 붉은 꽃망울이 곱다.

게발선인장 층층이 꽃잎 열고 2월에 핀 동양란 꽃대가 말라 이젠 잘라야 할 때가 된 것 같다. 겨우내 거실에서 계절조차 잊었던 소사나무는 날이 풀려 발코니에 두었더니 가을인가 착각하여 곱게 단풍이 든다.

이 무슨 조화인가. 그냥 발코니에 두었더라면 계절조차 잊어버리는 바보는 되지 않았으련만 무지한 주인 만나 계절조차 잊은 나무, 미안한 마음에 한 번 더 쓰다듬어 본다.

느지막이 일어난 작은 공주 무거운 눈꺼풀 억지스럽게 부릅뜨고 기지개 켜며 나오는 모습 고슴도치 사랑인가 예쁘기만 하다.

대충 화초 손질 마무리하고 소파에 깊숙이 묻힌 채 뒤뚱뒤뚱 아빠 찾는 작은딸. "우리 공주 잘 잤어?" 하며 살포시 안아 본다.

참 많이도 자랐다.

언제 이렇게 자라서 중학교 3학년이나 되었을까. 내 나이 든 것보다 아이들 자란 것이 놀랍기만 하다.

"우리 공주 아빠랑 뽀뽀 한번 하자" 껴안은 팔에 힘주며 뽀뽀 한번 하자 했더니

"안 돼. 아빠! 그냥은 안 한다. 뽀뽀 한 번에 이천 원은 줘야지"

용돈이 떨어졌나 보다.

겨우 뺨에 뽀뽀 한 번 하게 해 줄 거면서 이천 원 달란다.
그래도 예쁘다

억지로 보듬어 안고 뺨에다 뽀뽀, 참 기분 좋은 아침이다.
매일이 오늘만 같으면. 이른 출근, 늦은 퇴근에 공부하는 뒷모습 잠깐 볼까 말까 한 아이들. 휴일이 아니면 언제 다정히 이름 불러 볼 기회조차 없으니 큰아이 일어나면 큰 공주 뺨에도 뽀뽀 한번 해야지.

큰 공주 대학 들어갔으니 한 이만 원 달라겠지, 오늘은 텅 빈 지갑 들고 출근해야 할 것 같다.

가슴 콩닥이는 새로운 경험

휴가 마지막 날 먼 길 오가며 지친 몸 추스르느라 하루 종일 집에서 쉬던 날.

8월의 비는 무서운 폭우이었다가 부드러운 손길로 파란 대지를 어루만지는 보슬비이었다가 까만 피아노 건반 위를 통통거리며 뛰어다니는 음률처럼 고저 강약을 맞추어 내리고. 간간히 창문을 때리는 빗소리에 놀라 비지땀 흘리며 창을 닫아야 했던, 그래도 비를 몰고 온 바람 덕분에 조금은 팔월이 아닌 듯한 기분에 사로잡혀 산국의 묘한 향기를 기억해 내려 애를 써 본 하루였다.

이제 어둠이 내리고 검은 커튼이 창밖에 드리워진 시간. 하루를 마무리하는 고즈넉한 마음으로 오늘을 되돌아보며 입가에 빙긋 미소로 그때의 야릇했던 기분 되살리려 붓 대신 자판으로 수줍은 마흔여덟의 잠시를 반추해 본다.

일요일이면 연례행사처럼 찜질방을 드나든다. 한 주일 동안의 피로를 풀 겸 뜨거운 열기 속에서 잠시의 사색이 즐거워 꽤나 오래전부터 몸에 밴 나 혼자만의 스트레스 해소법이다. 휴가 마지막 날 가만히 집에 있자니 휴일인 듯 착각이 들어 찜질방 가야지 하며 이것저것 챙기는데 앞머리가 제법 길게 자라 제멋대로 흘러내리고 있다.

나이 든 사람의 단정치 못한 머리 모양새를 보면 절로 눈살이 찌푸려지는 나이기에 '이발을 해야겠다.' 마음먹는데 아차, 찜질방 이발사가 바뀌어 고민스럽다. 어쩔까 하다가 문득 생각난 사람 집사람에게 언니라 부르며 친동생보다 더 살가운 미용사가 생각이 났다. 하지만 사랑애비* 나이 헛먹었음인지 아직도 여자들 앞에만 나서면 주눅이 들어 목덜미까지 붉게 물들이는 변변치 못한 사내. 업무상 필요한 프레젠테이션이면 수백의 여자들 앞에서도 당당할 수 있는데 일상생활에선 그게 안 된다.

어쩔 수 없이 아내에게 애교를 뗄 수밖에. 함께 가자고, 잠시 같이 가서 이발 시작하면 가도 된다고. 남들 보면 참 다정한 부부라 부러워할 만큼 소곤소곤 이야기 나누며 들어간 곳, 사랑애비 48년생에 처음으로 들어가 본 미용실 향기가 벌써 이발소와는 다르다. 반가이 맞아 주는 미용사, 손님이 없어 참으로 다행이라 한숨 쉬며 앉으라는 의자에 앉았다. 남자의 투박한 손길과는 달리 부드러운 손놀림. 가끔 귓불을 스치는 감촉 자꾸만 얼굴이 붉어진다. 그런데 더 큰 고민은 이발소엔 거울에 상반신만 보인다. 그런데 앞에 있는 거울은 전신 거울이다. 다리에 검은 털이 숭숭 난 늙은이가 작은 미용실 의자에 앉아 있는 자세부터 엉거주춤이다.

그런데 눈길을 둘 데가 없다 바로 보고 있자니 예쁜 미용사 훔쳐보는 것 같고 외면하자니 그것 또한 이상하고 눈을 감고 있자니 뒷머리 자르

---

* 사랑방에 기거하는 지아비란 의미로 글 쓸 당시 사용하던 닉네임이다.

는데 눈 감고 있는 폼 상상만 해도 웃기는 폼일 것 같고, 이럴 줄 알았으면 좀 더 일찍 경험을 해 두는 건데. 일각이 여삼추라 했던가. 잠시면 끝날 그 시간이 왜 그리도 긴지 윗머리 머리핀으로 고정하고 귀밑머리 다듬고 오른쪽 왼쪽 머리핀을 옮겨 꽂을 때마다 거울 속에 보이는 모습 웃음이 절로 난다.

히-죽 웃다가 들켰다.

미용사도 웃는다. 히-죽.

먼저 가지 않고 기다려 주는 아내가 참 고맙다. 다른 손님이라도 오면 어쩌나 조바심이 나는데 다행히 머리 손질 끝날 때까지 나 혼자다.

"머리 기장 이만큼 이면 되겠어요?"

"아, 예."

겨우 한마디 할 동안에 머리 손질이 끝나고 샴푸 하자 한다. 하이고, 텔레비전에서 보니까 뒤로 누워 샴푸 하던데 이발소에선 앞으로 엎드려 샴푸하니까 아무 생각 없이 엎드려 있으면 되지만 뒤로 누워 샴푸하다가 예쁜 아줌마랑 눈 마주 치면 어쩌지 걱정이 태산이다.

"아닙니다. 목욕탕 갈 겁니다. 가서 하지요."

"수고하셨습니다."

만 원짜리 한 장 꺼내 놓고 잔돈 받을 자신 없어,

"잔돈은 당신 가져."

서방님 마음 아는지 모르는지 무덤덤한 아내에게 기분 좋게 잔돈 넘겨주고 줄행랑 아니 마음은 더 있고 싶은데 도저히 어딘가 간지러워 더 앉아 있질 못해,

"또 오세요."

그 말 끝나기도 전에 자동차에 올라 시동을 건다.

48년 만에 처음 겪는 일. 이담엔 혼자 오라 했는데 치과 무서워 엄마 치마폭에 매달린 아이처럼 사랑애비 이담에도 혼자선 도저히 못 갈 성싶다.

색다른 경험 아직도 경험해 보지 못한 숱한 일들. 그 경험이 이런 즐거움이면 하나하나 다 해 보고 싶다. 부드러운 손길로 어루만진 머리카락 샴푸 하지 않아도 부드럽게 잘도 넘어간다. 거울 속에 비친 모습 입가에 미소 떠날 줄 모르니 사랑애비 아직도 어린 감성이 남아 있었나 보다.

동해 드넓은 가슴에 뛰놀던 날

휴일 새벽이면 평일보다 더 이른 시간에 잠이 깬다. 두선거리며 챙기는 도구들 오늘도 지구를 낚을 것인지, 바다에 반하여 멀거니 바다만 바라보다 오게 될 것인지, 그것은 알 수 없지만 채비하는 그 시간은 가슴 콩닥이며 즐겁기만 하다.

유난히 아침잠이 많은 아내 깨우기 미안하여 살며시 자는 얼굴 바라보며 빙긋 미소 지어 본다. 고기 많이 잡아 오겠다는 무언의 인사다. 알아들었을까 잠든 아내의 뒤척임이 꼭 맛난 고기 많이 잡아서 저녁엔 반주 곁들인 즐거운 식사를 하자고 하는 듯하다.

"감성돔으로 튼실한 놈 몇 마리 건져 올게."

간 큰 약속 남기고 자동차에 시동을 건다. 부드러운 엔진 음, 그리고 휘발유 냄새, 은근한 중독성 소음에 몸을 맡기고 액셀러레이터를 지그시 밟는다.

감촉이 참 좋다, 차의 떨림과 동화된 몸의 떨림, 유쾌한 파장으로 콧노래가 절로 나온다. 7번 국도를 따라 아직 출근 시간대가 아니어서 텅 빈 도로를 달려 늘 가던 동해 아름다운 갯바위가 반겨 줄 이름 없는 바닷가로 달리는 기분. 자동차의 속도가 자꾸만 뒤로 밀어내는 농촌 풍경, 수삼 년을 몸담고 살았던 시골 스쳐 가는 논, 벼 잎 사이에 웅크리고 있을 메뚜기까지 보이는 듯하다. 차창을 내리면 드넓은 들판, 파란 하늘을 나닐던 하얀 양떼구름까지 차 안 가득 채워진다. 먼바다 수평선에 붉게 물든 하루는 서서히 기지개를 켠다. 옅은 해무가 낀 해변도로, 철 이른 코스모스가 가녀린 허리를 흔들며 미소로 반긴다. 지난주에도 보았으니 이젠 구면이다. 마주 보며 싱긋 한번 웃어 주고, 먼 바다의 물결을 살핀다. 잔잔한 파도, 파란 코발트 물빛, 점점이 하얀 구름들이 떠 있는 바다의 정경. 군더더기 없는 한 폭의 그림이다. 해오름을 알리는 붉은 구름들, 차츰 그 구름의 색으로 가슴을 물들이는 바다, 드넓은 가슴에 포근히 안겨 하루를 보낼 생각에 두방망이질하는 가슴은 벌써 낚시 도구를 챙겨 짊어지고 갯바위를 향한다.

바삐 달리는 마음, 헉헉대며 따라가는 육신, 혼자만의 가을 운동회, 앞서거니 뒤서거니 경쟁하며 비탈길을 내려 몽돌 늘어선 해변을 향해 달음질친다.

아직 철조망을 걷어 내지 않은 동해 굴곡진 한반도의 등 어느 부분 이름도 알 수 없는 작은 해변에 듬성듬성 파란 해초가 붙어 있는 갯바위, 그곳이 목적지이다. 밤새 해무에 젖어 버린 몽돌에선 달그락달그락 포말이 운다. 밤새 포말의 사랑 고백을 무정한 몽돌이 모른 체했나 보다. 이른 아침부터 파도의 옹알이에 원망이 가득하다.

늘 가던 갯바위 너른 등에다 이것저것 낚시 도구를 펼친다.

물빛을 가늠해 보니 바다 밑이 다 보이게 맑다. 주위들은 이야기를 종합해 보면 물이 맑으면 그날 낚시는 조황이 좋지 않다 하던데, 설익은 반풍수 이곳저곳 기웃거리며 물때를 짐작해 본다. 그래 봤자 낚시하는 데 별 도움은 아니 되겠지만 그래도 흉내는 내 보는 것이다.

주섬주섬 챙겨 자리한 바위 저 건너 파도 철썩이는 절벽 아래에는 나보다 더 부지런한 사람들이 새벽 낚시를 마치고 라면을 끓이고 있나 보다. 지나는 바람에 실려 온 라면 냄새. 그제야 아침을 먹지 않았음을 기억해 내고 챙겨 온 빵과 우유를 집어 든다.

싱싱한 회, 맛깔스러운 매운탕으로 저녁 한 끼 푸짐하게 먹기 위해서 아침도 점심도 포기해야 한다. 거기에 곁들인 손맛, 그것 하나로 갯바위를 드나든 지 몇 해이던가. 아직 초보티를 벗어나지 못한 낚시꾼에게 잘생긴 감성돔은 그림의 떡이다.

손바닥만 한 벵에돔이라도 걸리면 슬금슬금 주변 사람들 눈치 봐 가며 엉덩이 춤이라도 추고 싶은 기분. 그 묘한 매력에 주말이면 갯바위에서 온종일을 보내지만, 마음만큼 조과를 올린 적 한 번도 없다. 바닷물로 세수한 말간 해가 떠오르고 혼자만의 낚시가 조금은 지루해질 즈음 심하게 요동치는 찌를 바라보며 오른팔에 힘이 들어간다.

덜컥 잡아당기는 묵직한 느낌. 무엇인가 걸렸다. 손목으로 전해지는 떨림, 크다, 엄청. 조심조심 휘어진 낚싯대를 바위로 끌고 온다. 혹여 줄 끊어질라, 바늘 떨어질라, 낚인 고기 입 찢어져 놓칠까 노심초사하며 손맛 느끼는 사이사이 끼어드는 걱정에 조바심하며 엉거주춤한 폼으로 들어 올린 낚싯대 저 끝에 파닥이며 매달린 은빛 망상어 한 마리. 가지런한 비늘, 제법 널찍한 몸체 회 치면 반 접시는 나오겠다. 남은 뼈로 매운탕 끓이면, 상상만으로 군침이 돈다. 하지만 망상어 한 마리 잡자고 새벽길 나선 건 아니었지. 살림망에 집어넣고, 펄떡이는 갯지렁이 가운데를 뚝 잘라 낚시 바늘에 꿴다. 꿈틀꿈틀 요동치는 지렁이 허리. 잘린 아픔이 얼마나 클까. 미안하다. 불쌍하다. 진심으로 미안한 마음이다.

눈빛은 감성돔을 향해 은근한 추파를 던지며 태평양 그 너른 바다 쪽으로 힘껏 던진다.

묵직한 추가 "휘~익~~." 바람을 가르며 태평양에 잠겼다. 이젠 기다려야지. 낚시는 기다림의 미학. 성질 급한 쪽이 지게 마련인 것. 최대한 편한 자세로 일렁이는 파도 따라 춤추는 찌를 보며 시간을 잰다. 일 초, 일 분, 한 시간 낚시꾼에겐 여삼추(如三秋)란 없다.

손살처럼 흐르는 눈 깜박할 사이만 있을 뿐. 씨알 작은 몇 마리 제대로 손맛을 느끼기도 전에 먼바다에 집어등 밝힌 오징어 배가 보인다. 한 척, 두 척, 세 척, 저 집어등 밝힌 배를 지나 한 걸음 또 한 걸음 나서면 그곳은 내가 경험하지 못한 미지의 세계가 펼쳐지겠지. 어두워진 먼 하늘에 하나둘 별이 보이면 여우 같은 아내, 토끼 같은 자식들이 기다리는 집으로 가야 한다. 살림망을 들어 보니, 겨우 몇 마리 파닥이는 망상어. 씨알 작은 몇 마리 보내 주고 나면 겨우 한두 마리쯤 횟감도, 매운탕감도 그 무엇도 부족하다. 좀 더 자라서 다음에 보자. 살림망을 거꾸로 흔들어 모두 놓아 준다. 그리고 채비를 챙겨 새벽에 달린 길을 되짚어 내 가족이 기다리는 집으로 향한다. 수산시장 문 닫지 말아야할 텐데, 달리는 내내 걱정 반 미안함 반이다. 회 좋아하는 아내 칼 갈아 놓고 기다릴까 봐 자꾸만 미안해진다.

구름 한 점 없는 화창한 날
홀로 자리한 갯바위 물밑이 훤하다
"오늘 낚시 글렀구먼" 혼잣말 뱉으며
밥값이나 할 요량으로
낚싯줄을 펼친다
꿈틀거리는 싱싱한 놈으로
갯지렁이 매달고
휘이휘이 하늘을 가르며
먼바다에 던진다

조용하던 수면에 파문이 인다
빨강 찌에서 작은 동심원이 생기더니
바다 끝까지 동그라미가 달린다
얼씨구, 왔구나!
낚싯줄이 끊어져라 챔질한다

덜컥, 느껴지는 무게
엄청 큰 놈이 걸렸나 보다
희희낙락도 잠시
배고픈 지구를 낚았다
못된 바람이
찌 끝에 올라앉아 거짓부렁 하고
배고픈 지구가 낚싯바늘을 삼켰다

"물이 맑더라니"
주섬주섬 챙기는데
싱싱한 회가 먹고 싶다던
아내의 모습이 어른거린다

"수산시장에 횟감 있으려나"
말(言)꼬리를 물고
뉘엿뉘엿 해가 진다
작은 솔밭 사이로……

  바다 점점이 떠 있는 섬, 그리고 하얀 뭉게구름 더 먼 곳으로 열린 길,
세상은 그 바다를 사이에 두고 하나로 묶여 있다.

  이젠 제법 오래된 이야기가 되어 버린 동해안 바다낚시. 고기를 낚기
보다는 지구를 더 많이 낚았던 그 동해 파란 물빛이 좋아 하루 종일 갯

바위에 서 있어도 피로한 줄 몰랐던 계절과 함께 움직이는 오징어잡이 배의 집어등 그 불빛 아래 미끼를 끼우고 챔질을 해 대던 밤낚시, 어쩌다 고등어 떼라도 만나면 횡재다. 지천에 널린 고등어 구워 먹고, 회 쳐 먹고, 아무튼 포식을 하던 시절 이젠 그리운 어제의 이야기다.

동해도, 낚시터도, 갯바위도 그 자리에 두고 혼자 먼 곳에 정착하여 아옹다옹 삶과의 투쟁에 혼신을 다하고 있으니…….

그립다. 그 바다 짭조름한 바람, 짙은 해무, 오징어 그리고 동해.

에디슨이 될 뻔한 아이들

고만고만한 아이들 함께 있는 것만으로 즐거워 무엇을 하던 웃음 끊이지 않던 옛날. 그리 녹녹치 않은 삶이었어도 마음속에 앙금이 없어 언제고 마음먹으면 가슴 터질 듯 웃어젖힐 수 있었던 시절. 일 년에 설, 추석 두어 번 새 옷을 사 입었고, 일 년에 한 번쯤 눈깔사탕 사 먹을 수 있을 만큼의 용돈을 받아 아까워 쓰지 못하고 달그락거리며 주머니에 넣고 다니다가 그마저 잃어버려 알사탕의 달콤한 꿈에서 깨어야 했던 날들. 양계장집 주인은 계란을 많이 먹어 방귀에서도 계란 냄새가 난다고 부러워하며 계란 냄새나는 방귀 뀌어 보는 것이 잠시간의 소망이기도 했던 아이들. 설, 추석, 그리고 식구들의 생일날 포함하여 일 년에 네다섯 번 고깃국을 먹을 수 있었던 60년대 말쯤 국민학교 4, 5학년이 되었을 무렵 어느 날, 병태네 집에 모인 공깃돌만 한 아이들 까만 눈동자를 반짝이게 한 사건이 있었다.

태종이, 용익이, 재범이 또……. 아련히 떠오르는 죽마지우 몇 명이 모여 도란도란 호랑이 담배 피던 시절의 이야기를 할머니한테서 듣고 와서는 하나씩 돌아가며 재포장하여 토해 내며 즐거운 한나절을 보내다가 층층이 쌓여 가지런한 층계가 만들어진 쇠똥. 그 쇠똥이 하고픈 이야기는 무엇일까 고개를 갸웃하며 궁금해하던 때이었기에 세상 돌아가는 이치 삶의 목적이 무엇인가 하는 거창한 의문이 아닌 수없이 많은 작은 의문들이 대추나무에 걸린 연 마냥 주렁주렁 매달려 따라다녔던 땟국 꾀죄죄한 아이들.

"마른 건빵을 한입에 몇 개쯤 먹을 수 있을까."

"달콤한 팥이 가득한 단팥빵을 몇 개나 먹으면 배 터져 죽을까?"

도저히 이룰 수 없는 상상에 갑론을박 열심히 말싸움하던 아이들. 누군가 주워들은 궁금증에 쫑긋해진 귀를 모으고 모여앉아 머리를 맞댄다.

"야, 방귀에다 불붙이면 불붙는다 카더라."

"니 그거 참말이가."

"그래 맞다. 참말로 그렇다 카더라."

친구의 이야기는 무조건 반대부터 하고 보는 한 아이가 성급한 제안을 한다.

"아니면 어쩔 낀데…. 니캉 내캉 내기 할래?"

내기란 말에 잠시 주춤하던 아이. 기왕지사 뱉은 말인데 여기서 질수는 없지, 앞니 꼭 깨물고,

"그래 하자."

눈도 깜박이지 않고 내기하자한다.

이에 뒤질세라 함께 있던 벗들, 싸움은 말리고 흥정은 붙이랬다고 한 마디씩 거든다.

"붙는다 카더라.", "아이다. 거짓말이다.", "방귀에 우째 불이 붙노?"

저들끼리 하루 종일 입씨름해 봤자 나오지 않을 결론을 두고 제법 어른 흉내 내며 갑론을박이다.

그렇게 시작된 궁금증은 처음 말을 꺼낸 아이의 가슴에서부터 맞다, 아니다 자기주장을 줄기차게 내세우는 아이들의 가슴에 헬륨가스를 가득 채운 애드벌룬이 되어 자꾸만 자꾸만 커진다.

그냥 두었다가는 가슴이 터져 버릴 듯 커져 가는 궁금증.

'어젯밤에 자다가 방귀 뀌어 봤는데, 그때 호롱불이 옆에 있었는데 불이 안 붙었다.'

'방귀에 불붙으면 호롱불 켜 놓고 자다가 방귀 뀌면 집에 불 날 거 아이가. 그라머 큰일인데.'

'그때는 방귀가 좀 약해서 안 붙었나.'

'근데 저눔아 방귀는 독해 갖고 참말로 불붙을지도 모른다 아이가.'

속으로 이 생각 저 생각하느라 눈알 구르는 소리들이 해수욕장 파도에 몽돌 구르는 소리처럼 달그락달그락 들려온다.

그러다 한 녀석이 도저히 못 참겠다는 듯 한마디 한다.

"야 그라지 말고 우리 시험해 보자."

"병태야 니 양초 있제. 제사 지내고 남은 거 반 토막이라도 괜찮다. 그거 한 개만 가져 온나."

"양초에 불붙여 갖고 누가 방귀 나올 때 궁디에 대 보면 불이 붙는지 안 붙는지 알 거 아이가."

"맞제?"

의기양양, 확실한 방법을 알아냈다는 듯 반쯤 에디슨이 된 거만한 모습. 다른 아이들도 동의한다는 무언의 눈빛으로 집 주인의 아들, 병태에게 눈이 쏠린다.

"그래 해 보자."

병태가 제사 때 쓰다 남은 양초 토막을 어디선가 찾아와 성냥불을 그어 댄다.

"자, 지금부터 누구든지 방귀 나오면 이야기해라."

"그라면 얼릉 양초 궁디에 갖다 대면 그때 방귀 뀌라. 알았제?"

호기심 가득한 아이들 눈에 빛이 난다. 누구도 가르쳐 주지 않았던 것을 스스로 알아내겠다는 당찬 생각에 얼른 방귀 나오기만 기다리며 친구들의 눈치만 본다. 혹여 누구 방귀 나올까 기다리는 짧은 시간. 그 시간에도 여전히 헤살거리며 나오는 웃음들은 그만큼 순진했던 아이들 순박했던 마음의 소산물이리라.

"야! 방귀 나올라 칸다. 얼른 촛불 갖다 대 봐라." 급하게 한 녀석이 호들갑을 떤다. 촛불을 들고 있던 아이 바쁘게 촛불을 들이대느라 촛불이 꺼졌다.

허겁지겁 성냥을 찾으며

"야 불 꺼졌다. 지금 방귀 뀌면 안 된데이. 쫌만 참아라! 알았제?"

그런데 방귀란 놈이 사람 마음을 알아주지 않아 참느라 앙다문 살을 비집고, 냄새만 남긴 체 줄행랑 쳐 버렸다.

　"에이, 하필이면 그때 촛불이 꺼질 게 뭐꼬."

　마주 보며 맞장구치는 아이들. 그래도 즐겁다. 방귀야 기다리면 또 나올 거니까. 당장 일하러 가야 하는 어른도 아니고 하루 종일 친구들이랑 이 산 저 산 뛰어다니며 놀아도 뭐라 할 사람 없던 시절이니 두선거리며 끼리끼리 키득거리는 사이 시간은 흐르고 이번엔 태종이 아랫배에 신호가 왔나 보다.

　"야! 방귀 나올라 칸다. 촛불 갖다 대 봐라. 불 안 꺼지게 조심하고."

　병태가 촛불을 들고 또 다른 친구들이 혹여 촛불 꺼질까 양손으로 촛불을 가리며 살며시 태종이 엉덩이에 촛불을 댄다.

　"지금 방귀 뀌라."

　때맞추어 부산항 제일부두에서 우리의 용감한 국군을 월남으로 실어 나르던 큰 배에서나 나올 법한 웅장한 뱃고동 소리처럼 "부--웅--." 우렁찬 소음과 함께 방 안으로 퍼져 나가는 냄새, 그리고 확 타오르는 불꽃.

메탄, 수소, 일산화탄소 등의 가연성 가스에, 독한 냄새가 나는 암모니아, 황화수소, 기타 음식물의 소화 과정에서 생겨날 수 있는 유기화합물이 혼합된 독가스가 분출되었다.

순간 태종이의 엉덩이에 불이 붙었다. 그것도 깜짝 놀랄 만큼 커다란 불꽃이 순간적으로 형성되었다가 사그라졌다. 놀란 아이들 동그랗게 눈을 뜨고 뒤로 물러나 벌어진 입을 다물지 못한다. 잠시간의 침묵이 흐르고 그 침묵을 깬 것은 촛불을 엉덩이에 들이댔던 병태다.

"우와~ 참말로 방귀에 불붙는다."

"우와~ 진짜다."

세상 사람 아무도 몰랐던 것을 알아낸 듯 싱글벙글 아이들 입가엔 웃음이 떠날 줄을 모른다.

그렇게 시간을 보내다가도 오후 새참 때가 되면 소 몰고 산으로 들로 소 풀 먹으러 다녔던 아이들. 지금은 모두 지천명이 지났을 그 아이들 가슴속엔 그날의 이야기가 먼 역사 속 단군 신화처럼 고이 간직되어 있겠지. 언젠가 그 아이들 만나면 수십 년이 지난 세월 속의 이야기를 돈키호테 무용담처럼 질펀하게 늘어놓을 그날 기다리며, 무더운 팔월의 저녁 차갑게 냉각된 캔 맥주 한 통으로 얼큰해진 가슴에 아득한 어제가 그리움으로 머문다.

무논에 거름 내야 할 삼월

문풍지에 숨어 울던 겨울이 자꾸만 돌아보며 아쉬움을 달래던 이월. 가는 듯 아닌 듯 지나버린 세월을 빠르다는 말 한마디로 보내 버렸다.

남은 아쉬움이야 하늘을 받치고 선 솟대만큼이나 높지만 어쩌랴. 가는 세월 잡을 방법이 없음에야 순응하며 살밖에. 뿌연 황사 너머에서 슬그머니 다가와 먼 남녘 꽃 소식으로 시작된 춘삼월. 이맘때면 늘 농사일 준비에 바쁘시던 아버님 생각이 간절하다.

두엄 냄새 가득한 마당에서 일 년을 준비하시느라 김이 모락모락 피어나는 두엄을 커다란 바지게 가득 지고 나서시던 뒷모습. 그 모습은 언제나 앞산보다 더 크고 든든하였다.

삼월이면 무논에 거름을 내야 한다. 겨우내 누렁이의 이부자리 역할을 하며 모진 삭풍 이겨 낼 수 있도록 따신 보금자리가 되었던, 누렁이 삶의 흔적이 거름이란 이름으로 못자리부터 벼논까지 온기 가득한 자양분이 되어 모를 기르고 벼를 살찌우며 풍요로운 가을을 준비하기 위해 거친 땅속에서 가쁜 숨 몰아쉰다.

아이들이 새 학기를 시작하고, 만물이 태동하는 삼월. 억새밭에 숨어 울던 산새들의 지저귐도 차츰 맑은 여울물 소리를 닮아 가는 즈음 하루의 계획은 새벽이요, 일 년의 계획은 정월이라 했지만 그 일 년의 참된 성패는 삼월을 어떻게 보내느냐에 달려 있지 않나 싶다.

하나하나 챙기고 보듬어 뒤돌아 후회가 남지 않을 한 해를 꾸려야겠다. 참꽃 피기 전에 따다 말릴 대소쿠리 챙기듯…….

풍요로운 결실을 위해 연초에 그려 놓은 한 해의 이정표대로 한 걸음 한 걸음 앞으로 가고 있는지, 한 치의 오차가 시간이 지나면 광각으로 벌어져 돌이킬 수 없는 다른 곳으로 데려다 놓기도 한다. 더 큰 각으로 애당초 계획하였던 길을 벗어나기 전에 한 번 쯤 점검하고 필요하다면 무논에 두엄 내는 마음으로 다독이고 챙겨야 할 시점이 삼월이 아닐까…….

그 삼월이 저만치 가고 있다.

애기똥풀

참 오랜만에 아침 산책을 나섰다. 호젓한 숲길을 지나, 군부대 철조망 곁을 스치면 고요히 잠든 무덤들, 잠 깨지 않은 무덤 사이로 '혹여 영면에 드신 분 방해될까' 사뿐사뿐 걷다 보면 참나무 우거진 숲이 다시 반긴다.

작은 연못 스치듯 지나면 잠시 만나는 아스팔트 길. 산자락 휘감아 돈 오솔길로 다시 들어서 솔 향 그윽한 길을 걷노라면 바쁜 도시인의 건강을 위해 세금으로 만들어 놓은 운동기구들이 여기저기 고장 난 채로 흔들흔들 덜컹거리는 길이 보이고, 처진 벚나무 한 그루 곁을 지나면 비탈진 오르막이 보인다.

지난여름이었던가? 서른이나 되었을까, 젊은 새댁이 산책 나선 내게 쭈뼛쭈뼛 다가와 말을 걸어왔다. "아저씨, 뭐 좀 물어봐도 될까요?"

아이고, 겁부터 덜컥 난다. 나도 모르는 어려운 거 물어볼까 순간 긴장했다. "예, 말씀하세요." 피부가 참 곱다. 우리 큰딸처럼 뽀얀 피부에 통통한 모습, 얼른 훑어보아도 친근감이 가는 모습이다.

"저, 애기똥풀이 어떤 거예요?"

듣는 순간 절로 내 입가엔 미소가 피어났다. 중간고사 첫 시간에 시험지를 펼쳐 들었는데 첫 문제부터 내가 아는 문제가 눈에 띄었을 때 그때의 기분이랄까. 시골에서 자라 야생화, 잡초들이라면 초등학교 때부터 꼴망태 가득 지고 다녔으니 도회 사람들보다는 아는 게 많다.

"아, 애기똥풀이요 그걸 어디에 쓰시려고 그러세요?"

"예, 애기가 아토피가 있어서요, 애기똥풀이 좋다고 하데요."

그랬다. 애기똥풀의 뿌리를 달여서 그 물로 아토피로 고생하는 아이의 피부를 씻겨 주면 아토피가 낫는다는 민간요법이 생각났다.

"맞아요, 그런 이야기 저도 들은 적 있어요. 이리 오세요. 제가 알려드릴게요."

산책길 거의 막바지에 작은 언덕이 있는데 언덕 아래 완만한 경사지가 봄부터 여름까지 온통 노란색으로 뒤덮인다.

예쁜 애기똥풀이 지천으로 피어 온통 노란색의 융단을 깔아 놓은 듯 아름다운 곳이다. 늘 지나다니며 봐 왔던 곳이기에 그리로 앞서거니 뒤서거니 걸었다.

푸른 숲길을 걸으며 이런 저런 이야기에 같은 아파트 그리 멀지 않은 동에 사는 새댁이란다. 아기가 아직 어린데 아토피가 심하여 걱정이라며 꼭 나았으면 좋겠다고 말하는 그 모습 아기에 대한 사랑이 가득하다. 말 한마디 한마디가 기도처럼 들린다. 잠시 걸어 노랗게 지천으로 피어 있는 애기똥풀을 만났다.

"저기 노란 꽃 핀 풀들이 전부 애기똥풀입니다."

"뿌리를 캐야 하는데 아무것도 없이 캘 수 있겠어요?"

잠시 바라본 눈길에 걱정이 가득 한 걸 보니 호미가 어떻게 생겼는지도 모를 서울내기, 다마내기인가 싶다. 주변에서 마른 나뭇가지를 꺾어 뿌리를 캘 수 있도록 대충 만들었다. 땅이 푸석푸석하여 나무 막대기로도 쉽게 땅이 파져 금세 두어 뿌리 캐며, 시범을 보여 줬더니 백합처럼 얼굴이 환해졌다. 마주 웃으며 막대기를 넘겨주고 요령을 다시 한번 일러 준다.

"뿌리가 필요하니까 나무 막대기를 땅속 깊이 넣어서 뿌리가 끊어지지 않도록 잘 캐야 돼요."

더 캐 주고 싶지만 혹여 오가는 이들의 오해 살까 돌아서서 나오는 길, 미소 띤 얼굴로 바라보며 인사한다.

"고맙습니다. 조심해서 가세요."

하면서 손까지 흔드는 모습이 아이처럼 귀엽다.

"예, 애기 아토피 꼭 치료되길 바라요."

얼른 나으라. 인사 남기고 돌아서는 길, 비탈길에 구부정하게 자란 소나무에서 청설모 한 마리 엿보고 있었나 보다. 눈이 마주치자 후다닥 도망가는 모습이 앙큼스럽다.

오늘 아침 산책길에서 그 여인을 만났다. 반가운 마음에 "안녕하세요?"가 아닌 "애기 좀 어때요?"란 말이 불쑥 나왔다.

의아한 듯 바라보는 눈길, 몇 달이 지났으니 잊었나 보다 싶었는데,

"아! 그 아저씨" 하면서 알은체한다.

"덕분에 많이 좋아졌어요."

"아 그래요, 다행입니다."

스쳐 가는 바람에 향긋한 화장품 냄새가 난다. 같은 아파트에 살면서 1년에 한 번 만나지는 사람이 몇이나 될까 싶다. 옛날 시골에 살 때는 누구네 헛간이 어디쯤이고, 헛간에 무엇이 들어 있고, 정지 어디쯤에 뒤주가 있는지 정말 숟가락이 몇 개나 있는지 다 알 정도로 가까이 지

냈는데, 도회의 생활이란 것이 얼마나 바쁘고 각박한지 1년에 한 번 만남도 큰 인연처럼 여겨지니, 그래도 잊지 않고 환한 웃음으로 나눈 인사가 정겹다. 아직 애기똥풀은 필 때가 아닌데 괜히 그곳으로 눈길이 간다. 쌓인 낙엽 사이로 파릇한 봄이 기지개를 편다. 상쾌한 주말 아침, 이런 날은 괜히 기분이 좋아진다. 아무것도 아닌 일 같고.

경상도 보리문디

　나이가 들어가면서 새록새록 생각나는 사람들을 가만히 생각해 보면 가족, 친지들, 어릴 적 함께 지냈던 고향 사람들, 천둥벌거숭이로 함께 뛰어다니던 죽마지우들, 그리고 처음으로 사회에 발을 들여놓던 시기인 초등학교 시절 친구들이다.

　초등학교 친구들, 생각만으로 빙긋 웃음 짓게 하는 사람. 초등학교 졸업 후 수십 년을 만나지 못하다가 우연히 길에서 만났어도 자연스레 반말로 이야기 나눌 수 있는 유일한 친구가 아닐까.

　고등학교, 대학교, 군대 친구, 사회 친구들은 몇 십 년이 아니라 그보다 짧은 시간 헤어져 만나지 못하게 되면 쉬이 잊히며 오랜만에 만나면 그리 긴 세월도 아닌데 어색하여 반말을 해야 할지, 존댓말을 써야 할지 고민하게 만들기가 예사이다.

　그렇지만 초등학교 친구들만은 십 대 초반에 헤어져 50대가 되어 만나도, 머슴애, 가스나 어릴 적 쓰던 호칭들이 그냥 툭툭 튀어나온다.

　그것이 중요한 것이 아니라 그렇게 말하면서도 서로가 너무 자연스럽다는 것이다.

늘 만나던 사이처럼 어쩌면 그리도 스스럼없이 어릴 적 그 시절로 되돌아갈 수 있는지, 아무리 생각해도 현명한 답이 없을 것 같다.

다만, 서로 가림 없이 볼 것 못 볼 것 다 보여 주며 살아왔던 사이여서 그럴 것이란 짐작만 할 뿐. 가장 오래된 기억 속의 친구가 가장 최근에 가까이 지내던 친구보다 더 친근한 것이 이상한 일이지만 우리 삶 속에서 실제로 그런 관계가 형성되고 그런 관계 속에서 나이가 들면 초등학교 친구들을 찾아 동창회, 동기회를 빌미로 만나고자 애쓴다.

참 정겨운 친구들, 이 글을 쓰는 필자도 지금 이 시간 동그라미 속에 그려진 눈 코 입을 꿰맞추어 이름을 기억하는 초등학교 친구들의 초상화를 마음으로 그려 보며 빙긋 미소 짓는다.

만나도 만나지 않아도 늘 정겨움으로 마음에 남아 있는 벗들.

경상도 사람들이 가장 친한 사람들에게 가장 친하다는 표시로 부르는 호칭이 '보리문디'이다. 오랜만에 만난 친구에게 내뱉는 첫마디가 "야! 이 문디."로 시작하는 경우가 참 많다.

벗이 너무 반갑고 좋아 웃음 띤 눈길로 바라보며 "이! 문디."라며 활짝 웃는다.

한없는 정겨움의 표시 문디. 어디서 온 말인지 분분한 설이 있지만

그중에 몇 가지를 보면,

첫 번째 설은 가장 보편적인 생각 속의 문둥이(한센병을 앓는 사람)
생각할 수 있다.

보릿고개 넘기가 죽기보다 어렵다던 50, 60년대 시골엔 한센병 환자
가 집중 관리되기 전이어서 이곳저곳에 많이 흩어져 살았다.

하지만 그들은 마을 사람들이 병을 옮길까 기피하였기에 마을에서
살지 못하고 산기슭이나 들판 어디쯤에 움막을 짓고 살기도 했고, 보리
밭에 숨어서 지나가는 아이들을 놀라게 하기도 하였기에(아이의 생간
을 먹으면 한센병이 낫는다고 하여 보리밭에 숨어 있다가 아이들이 지
나가면 잡아서 간을 빼먹는다는 근거 없는 소문도 있었음.) 보리밭에
있는 문둥병 환자, 즉 '보리문디'란 말이 생겨났다고 한다.

경상도 지방엔 들판보다 산이 많아 보리농사가 많았고, 여름 내내 보
리밥 먹고 살던 사람들, 즉 오랫동안 알고 지내 온 친구란 뜻으로 '문디'
를 사용하지 않았을까 하는 설이다.

두 번째 설은 문동인(文東人, 글을 잘하는 동쪽 사람)이 와전되어 문
둥이(문디)가 탄생되었다고 하는 설이다.

조선 시대만 해도 호남 지방은 예향이라 예술인이 많았고, 영남 지방

엔 문향이라 선비들이 많았다.

글공부를 하는 선비들이 많은 까닭에 벼슬아치들이 자연 많을 수밖에 없었는데, 나라에서 하는 일이 마음에 들지 않을 때에는 지금처럼 도성으로 몰려가 항의 시위를 하는 그런 일이 있었나 보다.

경상도 지방의 선비들이 한양에 올라가 상소문을 올리고, 자신들의 의지를 관철하고자 다수가 모여 단체 행동을 할 때, 같은 생각으로 행동을 함께하는 동향인들을 '문동인(文東人)'이라 칭하다가 그것이 경상도 보리문둥이(보리문디)로 변하였다는 설도 있다.

하지만 필자의 가슴에 가장 와닿는 설은 '묵은디'라는 어원을 가진 '문디'이다.

'묵은디'에서 '묵은'은 묵다([동사]: 일정한 때를 지나서 오래된 상태가 되다)라는 뜻을 가진 오래된, 많은 해가 지난 그런 말이며 '묵은디'에서 '디'는 둥이([접사]: 일부 명사 뒤에 붙어 그러한 성질이 있거나 그와 긴밀한 관련이 있는 사람에서 변화된)라는 말로서 두 가지 단어가 조합된 언어이다.

따라서 '묵은둥이'에서 '묵은디'로 변화된 말로서 오래된 친구, 많은 해를 함께한 친숙한 사이 또는 아주 오래된 것(오래 함께 살았던 나이 많은 소를 '묵은디'라는 말로 표현하기도 함)이란 말로 통용되는 언어이다.

그런고로 경상도 사람들이 오랜 벗을 만나서 첫인사로 대신하는 "이 문디야." 이 말은 오랜 친구야, 가슴에 깊이 새겨진 정다운 친구야, 내가 참 많이 사랑하는 둘도 없는 친구야, 이런 정도로 해석해도 그리 어긋나는 해석은 아니리라 생각된다.

이렇게 스스럼없이 "문디야…." 부를 수 있는 친구가 아마도 초등학교 친구이지 싶다.

아무리 세월이 흘러도 그들의 모습에는 어릴 적 함께 소꿉놀이하던 기억들과 드넓은 운동장에서 함께 넘어지며 다치며 뛰놀던 기억, 배고팠던 기억들. 부끄러울 것도, 못 보여 줄 것도 없는 형제 같은 벗이기 때문은 아닐까.

영희, 향숙이, 상구, 상돈이, 석택이, 경자, 숙자, 영애, 순이……. 참 많은 이름들이 주마등처럼 스쳐 간다. 보고 싶다 친구들…….

빛나되 눈부시지 않기를

아침 운동하기 좋은 계절이다.

새벽 5시를 넘으면 뿌옇게 밝아 오는 동녘, 옛 어른들은 해 뜨기 전에 밭에 거름 내시고 해 뜨면 논에 나가 논일을 하셨다.

그만큼 밭일에 비해 논일이 많았다는 이야기도 되겠지만, 밭은 보통 산비탈에 있고, 논은 산골짜기나 큰 들판에 있었다. 밭에 거름 내는 일은 무거운 짐을 지고 오르막을 올라 산기슭 높은 곳에 있는 밭까지 가야 하는 힘든 일이었다.

밝은 낮에는 햇살이 뜨거워 무거운 거름을 지고 산길을 오르내리기가 너무 힘들었다. 그래서 새벽 일찍 일어나 해 뜨기 전 시원한 시간에 밭에 거름 내는 일을 하셨다. 새벽별을 보면서 첫 짐을 지고 나가시면 아침 드시는 시간까지 거리에 따라서 다르겠지만 열 짐씩 져 나르시는 아버님을 보면서 어린 시절을 보냈기에 지금까지도 새벽은 참 바쁘고 중요한 시간으로 하루를 준비하는 나 혼자만의 시간으로 여기며 살고 있다.

한때는 새벽 이른 시간에 일어나 글을 썼다.

세상이 포근하게 잠든 고요한 시간에 일어나 차가운 물로 세수하고 조용히 책상 앞에 앉으면 오래전 고운 추억부터 간밤에 꾸었던 꿈속 풍경까지 말간 머릿속에 풍경화처럼 펼쳐져 가만히 들여다보면서 그림에 어울리는 단어만 조합하면 한 편의 글이 되곤 하였다. 그러던 것이 무릎을 다쳐 몇 년 고생한 이후에는 그 시간을 이용하여 산길을 걸으며 다친 무릎 회복에 힘을 쏟았다. 글도 소중하지만 건강도 글 못지않게 소중한 것이기에, 회사 출근 시간이 9시이던 때는 새벽에 일어나면 운동하고 돌아와서 샤워하고, 아침 먹고 그러고도 시간적인 여유가 있어 커피 한 잔 마시고 출근하였는데 제조업체로 회사를 옮기고부터는 새벽이 유난스레 바빠졌다. 출근 시간이 7시 30분, 새벽 운동 나가면 출근 시간 맞추기가 어렵다. 회사까지의 거리도 만만치 않아, 출근 행렬 속에 끼어들면 한 시간 또는 한 시간 반씩 전쟁 같은 출근을 해야 하기에 새벽 운동은 엄두도 내지 못했다.

이런저런 핑계로 여의도 사무실 문을 닫고 다시 본사로 복귀하고부터는 출근 시간에 조금 여유가 생겼다. 하지만 한 번 멈춰 버린 새벽 산책은 다시 시작하기가 무척 부담스러워 주말에만 이른 아침에 산책을 한다. 한 시간 반쯤 걸리는 산책으로, 아파트 뒤쪽에 있는 나지막한 산을 완전히 한 바퀴 도는 산책 코스이다. 이 길을 걸으며 참 많은 사람들을 만난다. 부부가 다정히 걷는 모습도 보이고, 여든도 넘으신 할아버님, 할머님의 모습도 있다. 때론 마라톤 마니아들의 땀에 젖은 건강한 모습들을 만나기도 한다. 초등학생, 중학생 그리고 부모님 등 한 가족의 단란한 모습을 부러운 듯 힐끔거리기도 하고 뒷모습이 무척이나 아름다운 젊은 아가씨들의 상큼한 모습을 보며 잠시나마 즐거운 상상 속에 빠지기도 한다.

이즈음 산책길은 막 피어난 나뭇잎들의 상큼함에 가슴 깊은 곳까지 청량함을 느끼는 새벽 산책의 묘미를 마음껏 느껴보는 즐거운 시간이다. 이름 모를 야생화의 아름다움도 감상하고, 여린 나뭇잎의 부드러운 호흡도 느끼며, 그 부드러움에 동화된 조심스런 새벽바람, 바지런한 다람쥐의 바스락거림, 구구 울며 아침 인사하는 멧비둘기, 알을 품고 있는 짝꿍을 응원하는 산새들의 정겨운 지저귐, 어느 것 하나 마음에 들지 않는 것이 없는 하루 중 가장 편안하고 청명한 시간이 새벽 산책 시간인 것 같다.

그 길에 늘 마주치며 산책하는 할아버님 한 분이 계셨다.
속보로 걸으시며 먼 산 빛도 감상하시고, 때론 쪼그리고 앉아서 이름 모를 꽃들과 대화를 나누시는, 그래서 그런지 얼굴엔 걱정이라곤 찾아볼 수 없는 맑고 온화한 모습의 할아버님이시다. 일흔은 넘기신 듯한데 워낙 건강하시기에 여든을 넘기셨는지도 알 수 없는 할아버님은 속보로 걸으시면서 늘 박수를 치신다.
박수를 치면 손바닥 혈관을 자극하여 혈액 순환이 좋아진다는 말을 TV에서 얼핏 들은 기억이 난다. 그래서인지 할아버지는 한 걸음마다 한 번씩 박수를 치시는 것 같다. 걸음에 맞추어 박수를 치시며 걸으시기에 멀리서도 할아버님이 산책 중이라는 것을 금방 알 수 있다.
그런데 그 할아버지는 박수를 치시는 것만 특이한 것이 아니라 자주 만나 안면 있는 사람에겐 나이에 관계없이 먼저 인사를 건네신다.

그것도 만면에 웃음 띤 환한 모습으로 "안녕하세요?" 하시는 그 모습을 보면 절로 기분이 좋아진다. 주말, 토, 일요일 이틀씩 나가는 새벽 산책길 거의 같은 시간에 산책을 하고 걷는 방향이 반대 방향이기에 꼭 마주치게 되는 그 할아버지다. 한번은 멀리서 박수 소리가 들리기에 오늘은 먼저 인사드려야지 마음먹고 속도를 늦추며 천천히 마주 걸어갔었는데, 저 멀리서 먼저 보신 할아버지께서 한발 먼저 손을 흔드시며, "잘 잤어요?" 하신다. 늘 그렇게 한발 앞서 인사를 하시는 할아버지를 보며 오늘은 내가 먼저 인사를 드려야지 생각하며 걷는 날이 많아졌다. 그럼에도 절반은 선수를 할아버지에게 빼앗기고 만다. 조금 먼 거리여서 한 발 더 가까이 가서 인사 드려야지 생각하면 어느새 "날씨가 참 좋아요." 하시면서 먼저 웃으신다. 가끔은 산책을 출발하면서 '오늘은 절대 선수를 빼앗기지 말아야지.' 하면서 걷는 날이 점차 많아졌다. 박수 소리 들리면 얼른 기회를 노려야 한다. 눈이 마주치면 "안녕하세요?" 얼른 소리치지 않으면 기회를 빼앗긴다. 그 할아버지 덕분에 요즈음 산책길은 늘 즐거운 긴장의 연속이다. 긴장 속 산책길이지만 마음은 늘 즐겁다. 먼저 인사를 하는 날에도, 선수를 빼앗겨 죄송스런 날에도 즐겁기는 마찬가지다.

초등학교 5학년쯤이던가, 일찍 결혼한 형님이 부산에 사셨다.

방학 기간을 이용하여 형님 댁에 놀러 갔다가 다시 집으로 가는 길이었다.

　그때만 해도 차 안에서 어른을 만나면 얼른 자리를 양보해야 한다는 교육을 과장해서 말하면 귀가 따갑도록 받던 때였다. 멀다면 먼 길이기에 자리에 앉아서 깜빡 졸고 있었나 보다. 한참 졸고 있는데 갑자기 천둥소리처럼 딱 하는 소리가 들리며 눈앞에 별이 왔다 갔다 하며 북두칠성도 보이고, 전갈자리도 보이고, 핼리 혜성의 긴 꼬리도 보인다. 놀라고 아파서 화들짝 잠이 달아났다. 처음엔 무슨 영문인지 몰라 두리번거리는데 다시금 불호령이 떨어졌다. "이놈! 어른이 올라오면 얼른 일어날 것이지." 하시면서 두 눈을 부릅뜬 갓 쓴 할아버지의 모습이 보였다. 시골 양반댁 노인네가 차에 올랐는데 어린 아이가 자리를 양보하지 않고 졸고 있으니 화가 나셨나 보다. 들고 있던 담뱃대로 머리를 때리며 호통을 치신 것이다. 얼마나 놀랐는지 엉겁결에 일어나 자리를 비워 드리고 운전기사 뒤쪽 기둥을 붙잡고 서서 엉엉 울었다. 먼 길 혼자 여행하는 것도 서러운데 때 아닌 봉변을 당했으니 어린 마음에 많이도 서러웠던 것 같다.

　자초지종을 다 보고 있던 운전기사 아저씨가 단단히 화가 나서서 한마디 하셨다.

　"좋게 말로 하실 일이지 자고 있는 아이를 그렇게 두들겨 패면 어떡합니까?" 그 말씀에 차 안에 있던 다른 분들도 대다수 동의하시는 듯 혀를 끌끌 차는 소리가 들리기도 했다. 하지만 성질 급한 노인네가 자기 잘못을 인정할 리 없어 한참 동안 무어라 떠드신다. "어린아이가 얼른 자리를 양보하지 않았으니 아이가 잘못한 것이다." 라고 항변하시는 말씀이다. 그렇게 잠시간의 수선거림이 끝나고, 아주머니 한 분이 사탕을 주시며 꼭 보듬어 달래 주셨다. 그때 그 아주머니의 따뜻하던 품은 지금까지도 잊히지 않는 온기로 기억 속에 남아 있다.

『빛나되 눈부시지 않기를』이라는 책을 본 기억이 있다.

지금도 인터넷 서점에서 그 책을 검색해 보면 판매 중인 책으로 검색이 되는데, 우리들의 삶에 도움이 되는 선현들의 좋은 말씀을 알기 쉽게 풀어 놓은 책이다.

명심보감에 나오는 말들도 있고, 논어, 맹자 등에 나오는 좋은 말들도 알기 쉽게 해설을 해 놓아서 읽어 보면 절로 고개가 끄덕여지는 책이다.

그 책의 내용도 내용이지만 그 책의 제목이 너무 좋아 오랫동안 잊히지 않는 기억으로 가슴속에 자리하고 있다.

'빛나되 눈부시지 않기를.' 아무리 훌륭한 사람이라도 그 사람이 너무 먼 거리에 있어 만날 수 없거나 대화를 해 볼 기회를 얻지 못한다면 그 훌륭함도 무용지물이다. 세상에 존재하는 모든 생명체는 햇볕이 있어 자양분을 생성하고 그 자양분으로 생명을 유지하며 튼튼하게 자라

거목이 되고 여문 씨앗이 되며 내일을 위한 번식을 할 수도 있다. 하지만 그 태양을 바로보고 그 태양의 아름다움을 느낄 수 있는가. 맨눈으로 태양을 바라보며 태양의 아름다움을 느낄 수 있는 사람은 아마도 존재하지 않을 것이다. 태양의 눈부심은 생명체에게 많은 도움을 주기도 하지만 맨눈으로 바라보았을 땐 실명이라는 커다란 해악을 끼치기도 한다.

일장일단이라 했던가. 한 가지 좋은 점이 있으면 한 가지 나쁜 점도 있다.

마음이 착한 사람은 외모가 출중하지 않다든지, 외모가 출중하면 흔히 말하는 꼴값을 한다. 얼굴 예쁘고 마음씨 착하면 금상첨화이지. 그것이 아마도 빛나되 눈부시지 않는 것이 아닐까. 훌륭한 사람이지만 겸손할 줄 아는 사람, 힘센 사람이지만 약한 사람에겐 한없이 약해지는 사람, 참 예쁜 사람이면서 싹싹하고 예의 바른 사람, 건강하고 멋진 청년이 차안에서 노인을 만나면 벌떡 일어나 자리를 양보할 줄 아는 사람, 누구누구 하면 세상 사람들이 다 아는 유명한 사람이면서 이름 없는 소시민에게 먼저 손 내밀어 악수를 청하는 사람, 선거철 아닌데도 고향을 방문하여 도와줄 일 없을까 고민하는 선량들.

다 같이 존경받아야 할 어른이지만 나이의 많고 적음을 따지지 않고 먼저 보면 먼저 인사하며 하루를 즐겁게 해 주는 어른이 있는가 하면 자신의 권리만 생각하여 타인의 상황을 무시한 채 호통부터 치시는 어르신네도 있다.

솔바람은 사람에게 좋은 환경을 제공하지만 태풍은 우리의 안식처를 일순간에 빼앗아 가 버리기도 한다.

좋으면 그냥 좋은 것이 좋은 것이다.

좋지만 너무 눈부시어 함께할 수 없는 거리에 있다면 그것이 정말 좋은 것일까.

혹여 나는 그러하지 아니한가? 반성해 보는 순간이다. 단순히 나이 많다는 것 하나로 무례한 언행을 함부로 하지 않았는지, 요즈음 인터넷 공간에서도 종종 나타나는 현상 중의 하나가 이런 문제이다. 나이 들었다는 것 하나로 함부로 말하는 것은 어떤 공간에서나 옳지 아니한 행동인 듯하다. 나이 들어 어른 대접을 받기를 원한다면 눈부시지 말고 아랫사람들이 바로 볼 수 있도록 스스로를 낮추어야 한다.

나는 그렇게 살아왔는가. 그렇게 살고 있는가. 빛나되 눈부시지 않게…….

편지

"그리움처럼 보슬비가 촉촉이 대지를 적시는 초하 지절(初夏之節)에

아버님, 어머님 기체후일향만강(氣體候一向萬康)하옵시며 앞뜰 논의 벼들도 두 분의 고운 땀으로 풍년을 기약하며 무럭무럭 자라고 있을 줄 믿사옵니다.

불효자식은 아버님, 어머님의 크나큰 사랑으로 맡은바 소임을 다하며 열심히 사회에 적응하고 있습니다.

아뢰올 말씀은…….

〈중략〉

저녁 바람이 무척 쌀쌀합니다. 오랜 농사일로 얻으신 신경통 재발하지 않도록 건강 유념하사옵고 다시 뵈올 그날까지 옥체금안(玉體錦安)하옵심을 앙축(仰祝)하나이다.

불효자식 ○○ 올림"

언제 적이었던가.

하얀 편지지 펼쳐 놓고 창문 너머 먼 산 바라보며 무슨 말부터 꺼내
야 할까 고민하며 그리움 가득 담은 펜촉으로 또박또박, 혹여 노안이시
라 읽지 못하실까 크게 써 내려가던 글씨, 한참 마음을 쏟아 써 내려가
다 보면 절로 눈물 한 방울 뚝 떨어져 허한 가슴의 크기를 무언으로 속
삭이던 그날들, 겉봉에 또박또박 주소와 본제입납 정성으로 쓴 다음에
밥공기 열어 쌀밥 한 톨 골라 꼭꼭 여며 붙이면 그 순간부터 기다림의
시작이었다.

중학교를 졸업하면서 도시로 유학길 나서(지금 생각해 보면 참 어린
나이인데), 자취를 시작하였다. 된장찌개 한 가지로 몇 날 며칠을 견디
며 공부하던 그때 편지 한 통 오고 가면 보름이 훌쩍 지나갔었다.

보낸 순간부터 회신이 올 때까지 집배원 아저씨의 빨간 자전거가 그
리도 기다려지던 날들, 편지에 동봉되어 온 부모님의 가득한 사랑, 가
끔은 책도 사고 육성회비도 내고 자투리 얼마 남거든 용돈 쓰라시며 전
신환을 부쳐 오면 득달같이 우체국으로 달려가 현금으로 바꾸고 그동
안 미루어 왔던 목욕도 하고, 서점에 들러 종이 냄새 배 터지도록 맡을
수 있었다.

33개월의 군 생활하는 동안에도 하얀 타자지에 담은 정겨운 안부는
끊일 줄 몰라 일주일이 멀다 하고 편지를 보냈었다. 다행이 부모님께

서 가난에 쪼들렸던 옛날이었지만 소학교를 졸업하셨기에 한글, 한자 해독이 무난하셔서 주고받는 편지를 혹여 부러워하는 벗들도 있었으리. 일부 벗들은 편지를 보내긴 하지만 답장을 받지 못해 애태우던 모습을 보며 좋은 부모 만나 일일이 사랑 담긴 답장을 주시는 어머님, 아버님이 자랑스럽기도 하였다.

중학교 때부터 시작하였던 펜팔, 주간지 뒤에 나오는 주소록 일일이 베껴 답장 줄 만한 사람 골라 편지를 보내면 처음엔 서먹서먹하여 긴 글을 쓸 수 없었지만 몇 통의 정성 담긴 편지가 오가면 연인이나 된 듯 가슴이 두근거리며 보내고 기다리기를 얼마나 하였던가.

그러다가 우연처럼 만나기도 했던 그 시절의 순수했던 마음들, 그 마음들을 나르느라 수고하셨던 우체부 아저씨도 그 편지가 부모님께서 오는 편지인지, 펜팔 하는 친구에게서 온 편지인지 금방 알아보시고, 펜팔 하는 친구의 편지일 때는 묘한 웃음 지으시며 "잘돼?" 하시며 짧은 관심을 표하기도 하셨다.

그러다가 어느 날 편지가 뜸해지면, "다른 친구 찾아봐, 더 좋은 친구 만날 수도 있잖아." 하시며 따뜻한 마음으로 위로도 해 주시던 그분들……

언제부턴가 집 한 채 값이던 백색전화가 청색전화 수준으로 값이 떨어지더니, 거리마다 빨강색 공중전화가 설치되고, 한 집 건너 한 대씩

집 전화가 보급되면서 편지가 없어졌다.

급한 일 아니어도 전화 한 통화면 간단하게 해결되고 말로 주고받는 것이기에 의사 전달이 더 명확하고 빨라 편지보다는 전화를 선호하기에 이른 것이다.

지금은 그 전화조차 한 사람이 한 대씩 가지고 다니는 시절이니 더더욱 편지가 써지지 않는 세월 속에서 이젠 편지라는 단어에서조차 파란 잉크 냄새 되새기며 향수를 느끼는 세월 속을 산다.

자식들에게 편지 받아 본 기억이 손꼽을 정도이다.

학교에서 선생님이 어버이날 편지 쓰기를 시켜 몇 줄 "아버지 어머니 낳아 주시고 길러 주셔서 감사합니다." 정도, 또는 결혼기념일, 생일 등 기념일을 기하여 작은 봉투에 넣어 준 몇 줄의 편지가 고작이다.

하지만 그것만으로도 가슴 벅찬 희열을 느끼는 걸 보면 편지란 것에 묘한 집착을 가진 세대가 아닐까 스스로 반문하게 된다.

격식을 갖추지 않은 편지여도 따뜻한 마음이 빼곡하게 채워진 편지 한 장 받고 싶은 아침이다. 과욕인 줄 알면서 그저 욕심 부려 본다.

내가 먼저 보내면 정성 담긴 답장이 올까, 편지를 보냈는데 전화로 "편지 잘 받았어…." 하면 더 실망이 클 것 같아 그냥 접어 버린 마음…….

전선을 타고 전해 오는 기계음, 요즈음은 그것마저도 무선화 되어 주머니에 넣고 다니는 휴대전화로 주로 통화를 하게 된다. 아무튼 기계를 이용하기에 편리한 점도 참 많다.

언제든 숫자 몇 개만 누르면 지구 어느 곳에 있더라도 목소리를 들을 수 있고, 영상 통화란 이름하에 모습이며 지금 생활하는 곳의 풍경까지도 고스란히 전해 주는 문명의 이기, 전화. 편리한 정도가 아니라 이젠 하루라도 없으면 못 살 것 같은 우리들의 생활이 되어 버린 통신 수단. 하지만 그것에는 옛적 편지에서처럼 훈훈한 온기를 느낄 수가 없다.

밤을 꼬박 새며 한 줄 한 줄 빼곡하게 편지지 채우던 글자 하나하나에 정성과 사랑이 가득하였었고, 글로 나타내지 못한 한숨 소리, 애태우는 마음, 정겨운 기다림 등을 행간에서 읽어 내고는 마음이 울컥해져 편지를 읽다 말고 훌쩍이며 울었던 기억들이 아스라하다.

정성스레 써 내려간 편지에는 쓴 사람의 체온이 그대로 담겨 있다.

그 체온이 읽는 사람의 손끝을 통하여 몸으로 마음으로 전달되며, 눈물 자국 하나에서도 얼마만큼 그리워하고 보고파 하는 진실한 마음이 전해지기에 두고두고 읽고 또 읽고 하며 그 마음을 되짚어 가슴에 담는다.

문명의 이기인 전화로 이야기하다 보면 생각보다 말이 앞서, 진실이 아닌 즉흥적인 마음이 왜곡 전달되어 오히려 오해의 빌미가 되는 경우도 허다하다. 그런 오해를 풀기 위해 시간을 허비해야 하고 목이 아프게 장황한 설명을 해야 한다. 하지만 편지란 읽어 보며 혹여 잘못된 부분은 없는지 스스로 체크하며 수정하고, 같은 뜻이라도 '아' 다르고 '어' 다르기에 분위기에 가장 잘 어울리는 단어들을 골라서 정성껏 진실한 감정은 그대로 전달되고, 오해의 소지는 최소화할 수 있는 것이 편지가 아닐까 생각된다.

이 글 쓰는 필자도 사실은 편지를 잘 쓰지 않는다.

편지가 얼마큼 좋다는 것을 알면서도 편하다, 빠르다는 이유만으로 문명의 이기에 현혹되어 주머니에 두 개씩이나 전화를 넣고 다니며 주로 전화로 대화를 한다.

정말 존경하는 사람, 진정으로 사랑하는 사람들에게는 전화보다는 편지를 써야겠다는 생각을 해 본다.

중요한 결정을 앞두고 있을 경우도 진솔한 편지 한 통으로 상대방을 설득시켜 보면 어떨까 하는 생각도 해 본다.

한 통의 편지가 역사를 바꿀 수도 있다는 생각을 해 보며 배고프던 시절이었어도 주고받는 편지 속 사연으로 인하여 마음은 풍요를 누렸던 지난날들 되돌아보며 종이 냄새. 잉크 냄새에 보낸 사람의 체온까지 실린 가슴이 따뜻해지는 편지 글 행간에 끼워 넣었던 글쓴이의 사랑을 읽어 보고 싶다.

비 오는 날이면 파란 잉크 냄새가 더욱 그리워진다.

3부

一

우물에서 건진 새벽

설중매

나신으로 견디어낸 동지섣달 모진삭풍
소한건너 대한지나 맑은바람 불어올제
어디에서 왔다던가 곧은절개 다홍꽃잎
난난분분 흩어지는 백설만이 자욱한데
청사초롱 불밝히듯 곱개피운 홍매화여
세월따라 바람따라 고운자태 뽐내어도
일편단심 의지가지 내낭군만 못지지만
춘삼월이 오기전에 멀어져갈 고운모습
일구월심 바라보는 낭군님의 마고자에
고운실로 수놓아서 두고두고 보고지고

바람이 지나간 길

비로 쓸 듯 앗아 간 원망스런 장대비에
빗물보다 굵은 눈물 하염없이 흩뿌리는
속 태우는 농부님 네 아린 가슴 어찌할꼬
푹푹 찌는 더위마저 풍년의 기약이라
염도 높은 땀방울 아낌없이 쏟았는데
지청구할 새 없이 쓸어 담아 떠나갔네
산산이 흩어지는 한 여름날 부푼 꿈이
하얗게 웃고 선 개망초의 꽃빛 닮아
헛웃음 지으며 가네 설움 되어 젖어 드네

자운영 (연시조)

찔끔찔끔 피다가 이내 하르르 피어나
바다가 된 보랏빛 상서로운 색의 깊이
투명한 시간 속 언어 곱게 칠한 꽃이여
하 많은 사랑 노래 갈잎으로 잠재운
긴 삼동 모진 학대 인내로 견디더니
호숫가 팔 베고 누워 흰 구름 유혹하는
보고도 그릴 수 없는 현란한 언어들
말간 이슬 먹고도 그리 고운 꽃빛일까
생각에 옷을 입히다 울어 버린 앙가슴

걱정 많은 나그네

어둠살에 안기어 고이 잠든 잿빛 누옥
잘 익은 술 내음이 싸리울 넘나들어
길가는 나그네 발걸음 부여잡네
허여멀건 얼굴에 박꽃 같은 고운 웃음
곰살궂은 주모가 혼자뿐인 주막이라
사립문 다소곳 여미어 닫혀 있고
봉놋방 윗목엔 등불 홀로 외로운데
횃대에 걸어 둔 낭군님 옷 그림자
바람벽 가득하니 그리움만 쌓이누나

동짓달 기나긴 밤 꿈속 상봉 나눌진대
헛기침 두어 번에 잠 깨면 다행이나
낭군인 듯 반기다 낯선 행색 나그네라
실망하는 그 모습 가슴 아파 어이 볼까
군불 지핀 봉놋방 하루 저녁 신세진 후
굽은 허리 곧추 펴고 떠날 채비 바쁜 아침
곱디고운 하이얀 손 잡아나 보았으면
남몰래 갈무리한 꿈만으로 행복해라

탐진별곡耽津別曲

금전은전 막강권력 탐관오리 득세하니
해가뜨나 달이뜨나 돈타령에 구린냄새
어느때쯤 묵향가득 일필휘지 글써볼까
이리궁리 저리궁리 온갖궁리 다해봐도
도대체가 답이없네 기가막혀 신세한탄
부모님께 받은육신 고이고이 보존코자
아침운동 저녁운동 빠진날이 없건마는
세상소식 들어보면 한숨뿐인 풍진세상
몸축내며 화를내도 세상인심 끄떡않네
마음수양 육신수양 하안거에 동안거라
마음뿐인 수양일세 먹고살기 급급하여
어느세월 호호탕탕 가슴펴고 웃어볼까
조석지변 불신세상 한탄하며 사는차에
정남방향 탐진강풍 벅찬기별 안고왔네
선현들의 뜻을이어 문향묵향 이어가자
뜻을모은 문인들이 백일장을 개최하여
운율담은 시한수에 세상시름 잊자하네
어화둥둥 보름달을 청죽위에 올려놓고
뽀얀백설 담아다가 청솔가지 늘어뜨려
일편단심 선비기개 문맥마다 새겨넣어

이리보고 저리보고 함께보며 웃자하네
조롱박을 고이잘라 표주박을 만들어서
뽀얀탁주 가득부어 너도한잔 나도한잔
글에취해 술에취해 고운벗님 정에취해
시한수에 함께웃고 글향기에 취해보세
탐진벌에 뿌리내린 오곡백과 여무는날
함께모여 어울리세 낯설다고 외면말고
자진모리 장고소리 어깨춤이 절로나네
선현들의 맥을잇는 가사문학 좋을시고

국화주에 담긴 정한情恨

예쁜손 고사리손 보듬어 잡고나가
가을을 들쳐업고 수줍게 웃고있는
소담한 들국화꽃 정성껏 따모아서
그늘에 곱게말려 구수한 고두밥에
솔향기 비벼넣고 국화주 맑게빚어
춘삼월 밭일구며 허기진 보릿고개
뽀얗게 걸러낸술 샘물에 담궜다가
새하얀 사기대접 넘치게 한잔하면
근심도 내려놓고 피곤도 내려놓고
노동요 한자락에 어깨춤 절로나네

동짓달 달이밝아 잠못든 긴긴밤을
그윽한 국화향에 편한잠 염원하며
해묵은 대바구니 옆구리 끼고나가
한송이 또한송이 활짝핀 들국화를
해질녘 올때까지 따담던 꽃바구니
저녁놀 등에업고 땅거미 친구하며
어여쁜 누이동생 손잡고 다니던길
그리워 못잊어서 다시금 찾았더니
하얀박 탐스럽던 초가집 흔적마저

꿈인듯 간데없고 빈터만 덩그렇네

어버이 살아실제 효도를 다하라던
선인의 고운말씀 귀담아 듣지않아
뽕밭길 보리밭길 눈물로 돌아보네
정겹던 고향산천 꿈에도 볼수없어
돌아서 울먹이네 초목도 슬퍼하네
가슴에 새긴추억 아직도 생생한데
세월아 솔바람아 어쩌다 이다지도
아픔만 가득남아 빈가슴 흔들더냐
그리운 내벗들아 희미한 어제들아
어릴적 그날들이 무시로 그립구나

겨울사랑

메마른 엄동나목 찬바람 웅크리고
산허리 맴을 돌던 송골매 외롭던 날
응달진 산골짜기 산산이 흩어지던
겨울날 해거름에 주홍빛 저녁노을
땅거미 스멀스멀 어깨를 감싸는데
동구 밖 당산나무 휘감아 돌아가는
시오리 황톳길엔 애타는 그리움만
언제쯤 임 오실까나 여삼추 겨울사랑

홍매화 연가

새색시 볼에 잠든 다홍빛 연지인가
외로운 가슴에 핀 연분홍 사랑인가
일렁이는 바람에 분 내음 흩날리듯
가슴에 전해지는 홍매화 고운 향기
아침처럼 피어나 밤처럼 포근하게
아롱진 안개 되어 세상을 덮어 버린
생각 사록 수줍은 첫사랑의 그리움

북소리 둥둥 하니 (연시조)

잘게 잘게 저미다가 큼지막한 덩어리로
둥둥둥 던져 놓은 호호탕탕 북소리에
말리는 시누이처럼 깝죽대는 장고 소리

질그릇 깨지는 듯 징 소리 어울리니
오십견 던져 놓고 어깨춤 덩실덩실
어허야 마당이 좁다 휘몰아치는 자진모리

상모 끝자락에 매달린 미련덩이
비나이다 비나이다 일구월심 청원하니
한숨에 투득 잘라서 솟대 끝에 걸어 두고

바지랑대 끝 어디쯤 새침 떨던 낮달마저
둥둥둥 북소리 따라 근심 걱정 내려놓고
흥겨워 어깨춤 추네 신이 나네 중중모리

4부

一

시절이 하 수상하여

사랑이란 것

보듬어 아픈 가슴 놓아서 저린 인생
꿀처럼 달콤하되 뒷맛은 소태로세
사람의 사랑이란 것 덜함 없이 그만큼

순이 생각

찔레꽃 눈꽃 되어 하얗게 날리우던
개여울 빨래터에 수줍던 순이 생각
아서라, 긴긴 겨울밤 촉촉해진 눈시울

가을밤 달빛을 안고

죽부인 끌어안고
하얀거 들었다가
한가위 기별 듣고 잰걸음 하였거늘
보름달 간 곳 없어라
가랑잎만 외롭네

추색이 하도 고와 술 한 잔 기울이니
창공에 놀던 달이
술잔에 빠져 있네
단숨에
들이키고 나니
가슴 속에 달이 뜨네

달그림자 짙은 밤

보름달 파르라니
절 마당 비추는데
외로운 밤새 소리
적막을 깨뜨리네
손끝에
정성을 담아
달그림자 밟는 밤

큰스님 헛기침에
산바람 잦아들면
정겹게 자박이는
발자국 소리 찾아
해묵은
솔잎 사이로
기웃대는 보름달

허욕

도솔천 유토피아 마음속 세상일세
천 가지 욕심이면 만 가지 걱정인 걸
무정타 세월 탓하며 홍진세상 가는가

상춘곡 1

춘설이 녹은 두메 눈부신 녹의홍상
벌 나비 찾아드니 봄꽃이 지천일세
두견화 흐드러지면 여울지는 상춘곡

드난살이 1

단풍잎 갈피갈피 가을을 쟁여 놓고
덧없는 세월이라 바람처럼 떠돌다가
삭풍이 살을 에이니 그제야 눈물 바람

산

산이라 부르기에 산인 줄만 알았네
어버이 타는 가슴 철없어 몰랐다네
가슴을 파 먹히고야 내리사랑 알겠네

상춘곡 2

연산홍 붉다 한들 설홍매만큼이랴
삭풍 속 틔운 움이 온기는 하 많아서 꽃 몸살로 각인하던 붉디붉은
첫사랑
여며도 감출 수 없어 다홍으로 벙근 화심

춘몽春夢

찔레 순 껍질 벗겨 혀끝에 올려놓고
첫사랑 풋풋하던 순이를 추억하는
반백의 중늙은이 눈가 알 듯 말 듯 벙근 미소

홍매화 연정

삼동을 고이 접어 장롱 속에 넣어 두고
녹의홍상 꿈을 꾸며 채마밭 일궜더니
호접이 난분분하여 주체 못 할 들뜬 마음

오수 중에 접한 향기 춘몽일까 깨어 보니
서리서리 피워 놓은 홍매화 눈부시네
춘삼월 남녘 훈풍이 꽃등을 밝혔는가

매화 꽃잎 지는 양이 영락없는 꽃비일세
짧은 해후 이른 이별 달뜬 가슴 서러워라
다홍빛 물들인 삶에 영춘가만 애절쿠나

사모곡思母曲

찔레 순 입에 물고 웃음 짓던 우리 엄마
재 너머 붉디붉은 노을 되어 기다리는
어래산 뽕나무 밭에 흐드러진 백일홍

메밀밭 연가

달빛만 안개인 양 뽀얗게 서린 저녁
임 오신 흔적 뵐까 버선발로 나섰더니
그린 님 간 곳 없어라 메밀꽃만 처량타

꽃 진 자리

가슴을 파 먹히고도 홍조 띤 저 모습
한세월 희생하신 어머님의 참모습
고단에 붉은 옷 입혀 사랑 꽃등 밝혔네

보살행

요사채엔 독경 소리 하나둘 쌓이고
뒤꼍엔 눅진 바람 욕심처럼 덮인다
가슴엔 뿌리칠 수 없는 사바의 갖은 유혹

드난살이 2

저녁연기 자욱한 초가 너머 솔숲에서
솥 적다 울어대는 밤새소리 구슬프다
입 하나 덜어 보겠다고 민며느리 살던 누이

등신불

지하철 찬 바닥에 하루치 삶 의탁하며
서릿발 날 선 눈총 오금조차 펴지 못한
그들이 등신불인 줄 빈 술병만 알고 있네

추일서정 秋日抒情

칡꽃 지는 산기슭 귀뚜리 우는 소리
젊음 잃은 녹음은 수의 준비하는데
철없는 무지렁이만 백 년 살자 아등바등

죽마지우 竹馬之友

막걸리 잔 앞에 놓고 "그때가 행복했어"
회한에 찬 눈물로 그리움 타래 풀어
마주한 눈동자에 피운 복숭아꽃 살구꽃

야단법석野壇法席

우르르 내리면 내린 만큼 또 오르고
성글어지면 다시 빼곡하게 채워지는
무심한 지하철 설법 비워야 채워지는 삶

그딴 법이 뭐라고

아리탁수 아무리 도도한 척 흘러도
발원이 오염되면 명경지수 어림없어
윗물이 맑지 않은데 미꾸라지 탓만 할까

큰스님 고민 해결

묵언면벽 사흘 행자가 큰스님께 묻는다
묵언수행 면벽참선 누구를 위함인지요
이놈아, 시끄러운 네놈 입 막기 위함이다

망중한

툇마루에 누워서 오수에 들려 하니
여름 하늘 구름이 천변만화 변덕일세
그 모습 인생사 같아 툭툭 털고 들로 가네

처세處世 난망難望

예뻐서 예쁘다면 작업 건다 눈 흘기고
무심한 척 아니 보면 무시한다 시비하네
도대체 어떻게 해야 과꽃처럼 웃을까

노을 속 단상

하루의 다사다난 다 모으니 저리 곱다
과거가 된다는 것은 그리움을 덧쌓는 일
새날은 어둠을 벗고 부심으로 찾아온다

촉루락시민루락燭淚落時民淚落

민초들의 원성이 촛불 되어 타오르면
달빛도 면목 없어 구름 뒤로 숨어든다
광화문 세종대왕님 이 밤 꼴딱 새시겠다

세한의 날들

삼태성 초롱한데 삭풍은 차디차고
청솔을 쓰다듬는 달빛만 푸르구나
춘몽은 어느 양지 녘 울 밑에 숨었는가

변산 바람꽃

동안거 움츠린 몸 봄 햇살에 지병 도져
비탈지나 능선 타고 너덜겅을 건너네
겨우내 그리던 향기 바람꽃을 만나려네

꽈리

입 안 가득 수줍음 베어 물고 배시시
풋풋한 향기로 포실포실 귀여웠던
뽀드득 노랗게 여문 너의 고백 그립다

천라지망

허공에다 그물을 드리워 놓았습니다
스쳐 간 숱한 인연 말라 버린 꽃향기
색 바랜 그리움까지 잡아 두고 싶어서

단심 丹心

밤새워 속삭이던 함박눈의 베개송사
활짝 핀 동백꽃이 송이채 떨어지네
앙가슴 철렁이게 하는 모진 소리 붉어라

뜬눈으로 지샌 밤

삼월에 피운 봄꽃 혼자 보기 아까워서
글 속에 고이 담아 벗에게 보내려다
일필로 형언 못 함이 서글퍼서 울었네

춘난春蘭

지난봄에 한 약속 잊었을까 걱정되어
겨우내 애태우며 기다렸던 임의 향기
슬며시 창문을 열면 첫정처럼 안겨 든다

사부모곡思父母曲

오매불망 못 잊어 원망하고 자책해도
지나간 그 계절은 고향 찾듯 되오는데
세월이 갈라놓은 연 이을 길이 없구나

삶의 이면

걱정거리 없어도 어둑새벽 선잠 깨면
날카로운 잡념들이 우후죽순 자라서
아침 해 잠 깨기까지 복마전을 짓는다

매화는 먼저 지고

봄 햇살에 헹군 연정 겹겹이 펼친 고백
가신 님 무덤가에 흐드러진 두견화여
모질게 돌아서는 봄 야속하기 그지없네

춘경추수 春耕秋收

춘삼월 꽃바람이 입술을 쏘옥 내밀면
초경 하는 진달래 두 뺨이 붉디붉다
계절을 경영하고자 벌 나비 떼 분주한 봄

소나기

냉이꽃 익을 때쯤 청보리 필 때쯤
징검다리 푸른 이끼 그리운 기억 하나
여리고 앙증스럽던 순이의 고운 웃음

개개비 사랑

개개비 쌍을 이뤄 개개비비 사랑싸움
연둣빛 봄바람에 박태기꽃 곱게 피면
짝 잃어 외로운 새는 혼자 운다 개개비

복숭아꽃 살구꽃

마알간 햇살에서 고운 빛 가려 모아
봄 동산 차려 놓고 기다리던 순이는
소쩍새 울던 해거름 그리움이 되었네

마른 꽃향기

양지바른 언덕 위에 초가집 한 채 짓고
오순도순 살자던 순이와의 약속은
마른 꽃 추억이 되어 바람벽에 걸렸네

금낭화

바람이 툭 건드리면 풍경 소리 들릴 듯
뾰루퉁한 그 모습이 참으로 귀엽구나
해묵은 절집 우물가 이슬처럼 영롱한 너

하안거에 들다

제 그림자 깔고 앉아 저를 찾는 사람아
바람 불면 가고픈 곳 갈 수 있어 좋지만
그림자 잃어버리고 외로울까 걱정이네

애기 달맞이꽃

한낮의 햇살 아래 방긋 웃던 철부지
환한 달 떠오르자 그리움이 북받쳐
배시시 외로 꼰 교태 오금 저린 뭇별들

또, 한 계절을 보내며

그리다 만난 벗 술 한 순배 더 돌리세
가슴 벅찬 이 기분 시 한 수로 나누며
벗이여 다시 만날 날 머지않아 올 걸세

춘래불사춘 春來不似春

찔레꽃 지던 날 소달구지 타고 떠난
순이네 빈 집터엔 살구꽃 다시 피어
그 봄은 다시 왔건만 떠난 이 소식 없네

봄비 오시는 날

양철 지붕 늦은 봄비 나들이 가는 소리
창문 넘나들며 그리움 보채는 소리
온종일 님 오시려나 목 빼고 기다리는 날

멍에

대나무라 이름 짓고 사시사철 푸르러라
멍에처럼 붙여 놓은 한마디 말 덕분에
속에 것 다 내어 주고도 저렇게 올곧구나

풀 향기

잡풀을 베고 나면 풀 향기 짙은 것은
어쭙잖게 단정한 잡풀이란 판단에
오류를 범하지 말라는 들풀들의 항거이지

생각의 굴레

바람은 반갑고 좋아서 사랑스러워서
한없이 부드러운 손길로 만졌건만
꽃잎은 소스라치며 소낙꽃으로 진다

자강불식 自强不息

사람의 살음이란 부초와 꼭 닮아서
의지가지없으면 고단한 드난살이
스스로 다잡지 않으면 무속처럼 바람 드네

늙으나 젊으나

아궁이 군불 지피며 삼동을 보냈었고
봉창 열어젖히고 성하를 건넌다만
연분홍 설레는 봄은 어찌해 볼 도리 없네

취중한담

장맛비 내리는 날 툇마루에 걸터앉아
막걸리 한잔에 분홍 물 든 가슴에
물봉선 닮았던 아이 잠 깨어 일어나네

비에 젖은 이순

한때는 장맛비인 양 그리움에 젖었고
여울물 같은 사랑에 휩쓸려도 보았어
고요한 이순 뜨락엔 달맞이꽃만 외롭네

애상哀傷

창밖엔 장맛비가 추적추적 내리고
가슴엔 스멀스멀 그리움 스미는데
펼쳐 논 삶의 갈피엔 눅진 추억 애달프다

보름달

은근짜 엉덩짝인가 허여멀건 저 달은
막걸리 몇 순배에 불콰해진 가슴팍에
어릴 적 소꿉 색시인 양 안겨 드는 보름달

찜질방에서

건너편 아주머니 실실실 웃고 있다
장마가 길어지면 과일 맛 싱겁더니
사람도 긴긴 장마에 싱거워져 그럴까

고목에 꽃 피겄네

고목의 거친 등이 근질근질 가렵더니
갈라진 거죽 새로 새 움이 돋아나네
올봄엔 한 송이 꽃이 소담스레 피겠네

나는 너에게

난 가끔 억새와 연애하는 바람이고파
겨드랑이 간질이며 희희낙락 즐거운
장미와 안개꽃처럼 서로의 광배가 되는

어제는 그리움이다

흑단 같던 머리가 잿빛 되어 갈수록
떠꺼머리 추억은 화사하게 채색되어
가을빛 넉넉함보다 봄빛 궁핍이 그립다

풋사랑

코스모스 흐드러진 시오리 등굣길
책보자기 옆에 끼고 앞서가는 갈래머리
말없이 따라만 걷던 떠꺼머리 외사랑

어머님

침침한 등불 아래 돗바늘과 싸우시던
가슴속 어머님은 고운 모습 그대론데
불러도 대답 않으시니 이를 어찌할까요

금잔화

손끝에 묻어 와선 두고두고 생각나던
남몰래 되새기며 사랑에 빠진 향기
장독대 뒤에 숨어서 숨바꼭질하자던 너

길손에게 하고픈 말

사람이 사는 세상 조석지변 하는지라
이뤘다 자만 말고 실패했다 자책 말라
가풀막 넘고 넘는 길 좀 더디면 어떨까

낙엽에게 고함

그리움이라 이름 짓지 마시게, 벗이여
선잠 깬 사랑의 앙탈이 무서우이
막걸리 한 뚝배기에 이별가는 사치라네

한가위 보름달

한가위 보름달을 한 접시 담아 놓고
권커니 잣거니 동동주에 취하는 밤
반백의 마누라님도 명월이 못지않네

비벼 놓으니

층층이 쌓인 감회 뭉텅뭉텅 잘라 넣고
빨강 한 줌 노랑 한 줌 고집 센 회색 조금
버무려 쏟아 놓으니 오호라 가을일세

가을비

어느 낯선 마을 고샅길 하 정 많은 이
떨어지지 않는 발길 작별을 고하는지
온종일 차가운 비가 서럽게도 나린다

일엽편주

건들바람 불어와 물이랑을 만들면
한 잎 낙엽 애쓰며 그 이랑 넘어가네
넘어도 또 그날일 것 알면서 굳이 넘네

해거름 소회

고단한 해거름은 허물어짐이 서글퍼
봉숭아 꽃물 배듯 시나브로 물드는데
당신은 무엇이 좋아 종종대며 가는가

인생 충전소

걱정들이 한데 모여 와불인 양 누운 채
배터리 충전하듯 살날을 충전하는
알싸한 소독약 냄새 쉬어 가는 나루터

막걸리 잔 비어 가듯

막걸리 익어 가듯 잘 익은 가을 산아
명월이에 취한 듯 너에게 취했더니
한 해도 그예 기울어 회갑 년이 코앞이네

소득笑得

속절없이 늘어지는 한여름 저녁나절
둠벙 지나던 밤새 희뿌연 달덩이들 찰박이는 물소리에
소처럼 씨익 웃는다 무음으로 웃는다

| 詩作 노트 |

한여름 밤 초저녁 무렵엔 아이들이 물장구치며 놀던 둠벙. 아이들이 잠자리에 든 깊은 밤엔 온종일 흘린 땀을 씻고자 아낙내들이 삼삼오오 모여 둠벙을 차지하곤 하였지요. 싱거운 동네 사내들 멀찌감치 숨어 찰박이는 물소리만 듣고도 암소 엉덩이 쫓아다니던 황소처럼 히죽히죽 웃던 시절, 이제는 되올 수 없는 추억 속의 풍경이 불현듯 떠오르는 성하지절, 오늘이 대서이군요.

부지깽이로
부뚜막에쓴 낙서

ⓒ 이기은, 2023

초판 1쇄 발행 2023년 6월 9일

지은이   이기은
펴낸이   이기봉
편집   좋은땅 편집팀
펴낸곳   도서출판 좋은땅
주소   서울특별시 마포구 양화로12길 26 지월드빌딩 (서교동 395-7)
전화   02)374-8616~7
팩스   02)374-8614
이메일   gworldbook@naver.com
홈페이지   www.g-world.co.kr

ISBN   979-11-388-2012-7 (03810)